KB274917

포레스트 웨일 공동 작가

작은 첫걸음이
큰 다짐을 품을 때

김유신 | 최나연 | 꿈꾸는 쟁이 | 별이 | 가빈 | 김안예 | 기유 | 31 | 별빛차
이은지 | 행록 | 인영 | 김다혜 | 박성희 | 임나경 | 영지현 | 정옥순
이다솔 | 주변인 | 조현민 | 정서영 | yejin_k | 이연화 | 갈곳 | 류광현
류연화 | 하형정 | 숨이톡 | 명량소녀 | 김혜지 | 김좌 | 윤아정(서월) | 해원
글쓰는 몽상가 LEE | 김감귤 | 이상현 | 김예빈 | 류령 | 설류하
마음률 | 안세진 | 루미영 | 양예림 | 장시원 | 이언(利言) | 서가경
사랑의 빛 | 최재훈 | 이다음 | 강대진 | 지윤 | 고원苦寃 | 모지랑이
하린 | 이서윤 | 서지우 | 마림 | lilylove | 최이서 | 김도영 | 김초록
성민경 | 희작 | 조희주

FOREST
WHALE

그래도 올해의 다짐은 단순해.

그냥 나로 살고, 내 속도로 걸어가다 보면 매일의 새로운 도전 속에서도 나는 분명 조금씩 나아질 거라는, 내가 나인 걸로 충분하다는 믿음.

그러니까, 이 글을 읽고 있는 너는 너무 서두르지 않아도 돼. 지금 어디에 있든, 어떤 속도로 걷고 있든 그걸로 충분해. 나는 늘 응원하고 있으니까.

작은 첫걸음이 큰 다짐을 품을 때

첫걸음에게

To. 첫걸음을 내딛는 나에게

한 해가 지날수록 조금은 괜찮아질 거라 믿으며,
매년 새로운 다짐의 시작 앞에서 조용히 걸음을 내딛
네. 해는 바뀌고 나이는 한 살씩 늘어가도 새해의 첫
걸음은 여전히 떨리고, 무섭고, 낯선 1월이야. 그래도
그렇게 하루하루 지나면서 나도 모르게 조금씩 나를
이해해 가는 것 같아.

작년엔 정말 많은 일이 있었지.
많이 배우고, 그만큼 흔들리고, 새로운 일 앞에서 아
직 부족한 나를 마주하며 괜히 숨이 막히던 순간들도
있었고.

떨리는 숨을 고르고, 눈을 감았다 뜨면
세상에 내딛는 첫걸음만큼 가까이
격려의 노래가 저 멀리서 들려오네

작은 첫걸음이 큰 다짐을 품을 때

첫걸음

고요히 내려앉는 어둠
숨 쉬는 모든 것들이 잠든 시간
노을이 산기슭 끝을 물들이면
망설이던 마음에도 떨림이 찾아와

아직 발 디딜 처음이 낯설고 두렵지만
꿈에 그린 그림을 부여잡고
어둠이 걷힌 그 자리에
용기라는 이름의 씨앗을 심어 본다

가슴 깊은 곳에서 울리는 메아리
어제와는 다른 오늘
뒤돌아볼 수 없는 강물처럼 흘러
모든 순간이 처음이 된다

포레스트 웨일

공동 작가

첫걸음

첫걸음은 이미 시작되어 있었다

2025년이 막을 내렸다.

나의 하루는 늘 비슷하게 흘렀고, 나는 그 하루를 잘 살았다기보다 어떻게든 지나왔다.

새해가 바뀐다고 해서 사람이 달라질 거라 믿지는 않았다. 그래서 '첫걸음'이라는 말은 나에게 늘 조금 과장처럼 느껴졌다.

한 살 더 먹었구나,
그래도 작년보다는 낫겠지.
그 정도의 기대였다.
그런데 시간이 지나서야 알았다. 내가 멈춰 있다고 생각했던 순간에도 발은 이미 앞으로 나가 있었다는 걸.

2025년의 나는 하루를 무심코 흘려보내는 사람은 아니었다. 다만 "이건 아무 일도 아니야"라는 말을 스스로에게 더 이상 할 수 없게 되었을 뿐이다.

집이 새고,
몸이 아프고,
관계와 일상이 동시에 흔들리던 날들이 있었다.

그때의 나는 자주 억울했고, 생각보다 쉽게 지쳤다.
왜 하필 지금인지, 왜 나인지 속으로만 되물었다.

그래서 기록을 남겼다.
정리하려고 쓴 건 아니었다.
말로는 자꾸 흐려져서, 문장으로라도 붙잡아 두지 않으면 내가 먼저 무너질 것 같았다.
글은 위로가 아니라 버티는 방식이 되었다.
아주 작지만, 되돌릴 수 없는 방향의 한 발.

그건 한 해의 결론이 아니라 이전으로 돌아갈 수 없다는 자각에 가까웠다. 그래서 나는 정리했다.

작은 첫걸음이 큰 다짐을 품을 때

나를 습관처럼 소모하지 않겠다고.
아픈 걸 참고 넘기기보다
살피고 관리하는 사람이 되겠다고.
불리한 상황을 자동으로 내 탓으로 돌리지 않겠다고.

그 끝에 다다라선 나는 2026년의 문턱에 서 있다.
아직 안정되지 않았고, 도착했다고 말하기도 어렵다.
그럼에도 분명한 건 하나다.

나는 이미 돌아갈 수 없는 방향을 선택했다.
2026년은 새로 시작하는 해가 아니라 이미 내디딘
첫걸음을 계속해서 걷는 시간일 것이다.

첫걸음

여러분은 첫걸음 하면 무엇이 떠오르시나요?

아마도 아기의 첫걸음이나 사회생활 시작하는 초년생들의 첫걸음을 제일 많이 생각나시지 않을까 싶은데요.

대부분의 사람들에게는 막연하게 두렵고 긴장은 되지만, 기대도 되는 첫걸음일 수 있지만, 그렇지 못한 사람들에게 첫걸음이라는 것은 정말 어렵고, 힘든 거라는 걸 아시나요?

첫걸음이 어렵고, 힘든 사람들은 수십, 수백, 수천 번을 수없이 넘어지고 또 넘어지고 다시 일어서기를 무한반복하고 나서야 첫걸음이 아닌 겨우 한 발자국을 디딜 수 있답니다.

작은 첫걸음이 큰 다짐을 품을 때

그러니 여러분의 첫걸음이 남들보다 느리다고 쉽게
주저앉지도 말고, 자책하지도 마세요
첫걸음

속도와 시간의 차이일 뿐 누구에게나 첫걸음은 있기
마련이니까요

다만, 넘어지고 다시 일어서기를 무한반복하는 소수
의 사람들이 첫걸음도 따뜻한 시선으로 바라봐 주셨
으면 합니다.

첫걸음 걸음

나의 첫걸음은 언제였을까?

기억나지 않는 그 순간 난 겁을 냈었을까? 넘어질까 무섭고 두려웠었을까? 무서웠을지도, 겁이 났었을 수도 있지만 그런 순간들을 먼저 겪어 본 그가 내 옆에 있었기에 아마 용기 내 첫걸음을 걸었을 것이다.

마음은 언제나 첫걸음을 뗀 아이 같은데 어느덧 내 나이는 서른을 넘어 몇 번의 새해를 맞았다.

그리고 그를 떠나보내고 벌써 17번째 새해를 맞는다. 그는 나의 아버지다.

그가 나를 떠나고 맞이한 20대에 나는 그를 찾지 않았다. 20대의 패기였을까? 아니 그 정도의 여유가 없었다. 그가 했던 10년의 투병 생활로 인해 쌓은 빚으로 인해 엄마는 엄마대로 형은 형대로 나는 나대로

작은 첫걸음이 큰 다짐을 품을 때

각자의 자리에서 바삐 움직여야만 했다. 뒤돌아볼 여유란 적어도 내겐 없었다.

그렇게 10년이 지나고 난 작게나마 내 사업장을 냈고 결혼도 했다. 서울은 아니지만 남양주에 30평 아파트를 분양받아 입주해 살고 있다. 아직 11년의 대출이 남았긴 하지만 나와 아내 명의의 집도 마련한 것이다. 그러고 나니 이제야 나는 뒤돌아볼 여유가 생겼다.

여유가 생겨 좋기도 하지만 겁이 늘어간다. 겁이라는 걸 생각할 틈이 없었으니 겁이 나지 않았는데 이젠 무언가 새로이 하려고 하면 자꾸 겁이 난다. 나는 그럴 때면 그의 부재를 느낀다.

그가 먼저 걸었던 30대의 걸음의 나의 답이 있을 텐데 내가 곧 걸어갈 40대의 첫걸음에 대해서도 겁내지 않게 그가 먼저 걸었던 이야기를 해줄 수 있을 텐데... 앞으로 계속해서 맞이할 나의 첫걸음 걸음을 먼저 걸어본 그에게 물어보고 싶은데...

나는 내 기억을 더듬어 기억 속 그를 떠올려 그의 걸음을 따라간다.

내가 겪기 전 내게 해주었던 몇몇 이야기들과 그가 보여주었던 성인, 남편, 아빠로서의 모습을 난 기억 속에서 찾아 헤매곤 한다.

어릴 적 어느 날 온 가족이 차를 타고 장시간 이동 중에 운전하던 그는 이런 말을 했다.

우리 가족의 안전이 달려 있으니 더 집중해서 조심히 운전해야 한다며 말이다.

나는 아내에게 운전대를 맡기지 않는다. 장시간 운전하다 졸리면 잠시 휴게소에 들러 10분이라도 자서 잠을 깨고 다시 운전한다. 그가 내게 가르쳐준 몇 안 되는 일이기에 난 안전하게 운전하는 게 아내를 지키는 일이라 생각하며 운전한다.

난 가끔이지만 작은 선행을 하려 한다. 수술받기 전에는 헌혈을 하기도, 머리를 길러 모발 기부를 하기도, 지난주에는 4년째 이어가고 있는 연탄 봉사를 다녀왔다.

그는 어릴 적 내게 사람들과 나누며 살아가는 모습을 보여줬다. 큰돈을 쓰지 않고도 내 것을 사람들과 같

작은 첫걸음이 큰 다짐을 품을 때

이 나누며 살아갈 수 있는 여러 방법을 보여줬다. 난 그 모습들을 기억하고 그처럼 살아가려고 노력한다.

　언젠가 내게 아이가 생기고 그 아이의 아빠로서의 첫걸음에서 나는 그의 발걸음을 그대로 따라 걸어가며 보여줄 것이다. 그게 내가 생각하는 아빠로서의 모습이니까.
　나는 언제나 그를 따라 걸어갈 것이다.

앞

캄캄한 앞.
눈앞이 흐려진다.

눈물로 적신 날들.
손가락질은 바람처럼 스쳐 갔고,
다르다도 아닌 틀렸다는 말이
가슴에 묻혀 오래 머물렀다.

그러나 시간은
멈춘 나를 앞쪽으로 밀어냈다.
첫걸음.
아주 작은 떨림으로.

작은 첫걸음이 큰 다짐을 품을 때

빛이 드는 앞.
옆을 스치던 침묵 속에서
나를 받쳐주는 나무들이 있었다.
그늘을 내어주며
잠시 쉬어가라 속삭이는 존재들.

지금 흐르는 눈물은
아픔이 아니라
고마움이었다.

구름

하늘이 붉어질 무렵
바다에 비친 너의 미소는
왠지 슬퍼 보였다.

무엇이 그리 슬픈지
묻지 않아도 알 수 있었다.

너는 너 자신이 싫었구나.
하루를 살아내면서도
삶의 의미를 찾지 못했고,
작은 실수들에
스스로를 비난했구나.

작은 첫걸음이 큰 다짐을 품을 때

그럼, 내가 너를 좋아할게.
내가 너의 첫 발걸음이 되어
조금씩 삶의 이유를 찾아가자.

하늘이 다시 맑아 오면
그때, 너의 입에서
"행복하다."는 말이 듣고 싶어.

네가 하늘이라면
나는 너의 뭉게구름이 될게.

흙 위의 작은 발자국

처음 걷는다는 것은 이미 오래전부터 마음의 내부에서 조용히 태동하던 미세한 떨림 이 세상의 표면 위로 모습을 드러내는 순간이다.

첫걸음은 발끝에서 시작되는 것이 아니라, 가슴의 가장 깊은 저편에서 오래 눌려 있던 무언가가 "이제 괜찮다"라고 말하기 시작할 때 비로소 온다.

아무도 보지 않는 새벽, 아직 누구의 발자국도 남지 않은 흙길 위에서 나는 나의 첫걸음을 떠올린다. 그것은 거창하지 않았다. 세상은 쉼 없이 걸어가라고 재촉했지만 나는 늘 한 걸음이 너무 무거웠다.

그러나 그날의 공기는 조금 다르게 느껴졌다. 나를

작은 첫걸음이 큰 다짐을 품을 때

잡아끌던 불안이 잠시 고개를 숙였고 가슴속에서 아주 작은 빛이 살그머니 몸을 일으켰다. 그저 한 발을 조금 앞으로 내밀었을 뿐인데 세계의 모양이 바뀌기 시작했다.

흙 위에 발자국이 남는 소리는 세상에서 가장 작은 소리일지 모른다. 그러나 그 작은 소리는 언제나 '변화'라는 파문을 함께 데려온다.

나는 오랫동안 걷지 못했다. 아니, 걷기를 두려워했다는 표현이 더 맞다. 길은 언제나 열려 있었지만 나는 스스로를 미루고 또 미뤘다. "조금 더 준비되면." "내일은 좀 더 나을 거야." 그 말을 반복하는 동안 시간은 내 손안에서 모래처럼 흘러내렸다.

어느 날, 아주 작은 장면이 나를 멈춰 세웠다. 해 질 녘의 오렌지빛 공기 속에서 작은 새 한 마리가 부서질 듯한 날개를 떨며 두세 번의 망설임 끝에 툭— 하고 날아올랐다.

그 작은 생명은 비겁하지도, 주저하지도 않았다. 단지 지금이 "이 순간"이라고 느꼈을 뿐일 것이다. 그 장면 앞에서 나는 문득 숨을 들이켰다. 그리고 깨달았다.

나는 날기를 바랐던 것이 아니다. 그저, 나도 한 반쯤 저 새처럼 나아가고 싶었던 것뿐이다.

그 순간이 내 첫걸음을 데려왔다.

첫걸음은 큰 용기에서 오지 않는다. 대개 너무나 조용한, 내가 알아보지 못할 만큼 작은 용기에서 온다.

내가 걸음을 내딛던 그날 나의 용기는 외투 속에서 떨고 있었고 의지는 가늘었으며 숨은 잦았고 마음은 깊게 수축해 있었다.

그러나 한 걸음을 내딛는 동안 내 안에서 작은 온기가 퍼져나갔다. 그 온기는 누구도 보지 못했다. 오직 나만이 느낄 수 있었다.

작은 첫걸음이 큰 다짐을 품을 때

그때 나는 알았다. 첫걸음은 남에게 보이기 위한 발자국이 아니라, 내 안에서 나에게 도착하는 가장 작은 회답이라는 것을.

그래서 나는 천천히 걸었다. 흙은 내 발자국을 조용히 품어주었고 바람은 내가 방향을 잃지 않도록 귓가에서 잔잔히 속삭여주었다. "그래, 바로 그렇게. 미약하지만, 분명히 앞으로 가고 있어."

아무도 알아차리지 못하는 변화가 있다. 하지만 그런 변화야말로 삶을 가장 결정적으로 흔드는 법이다.

나는 오랫동안 '시작'이라는 말을 두려워했다. 너무 많은 실패가 지나갔고 너무 많은 포기가 나를 스쳐갔다. 그래서 '다시 처음'이라는 말이 부담스럽게 느껴지곤 했다.

하지만 첫걸음은 늘 나를 기다리고 있었다. 그것은 비난도, 재촉도 하지 않았다. 그저 조용히 내 앞에 놓여 있을 뿐이었다.

그리고 마침내 내가 손을 뻗었을 때 첫걸음은 마치 오래 준비해 온 사람처럼 부드럽고 따뜻하게 나를 맞이했다. 그 순간 나는 깨달았다.

첫걸음은 내가 세상에 내딛는 발자국이기도 하지만, 세상이 나를 받아들이는 방식이기도 하다는 사실을.

이제 나는 천천히 걸어간다. 흙 위에 새겨지는 발자국의 깊이를 느끼며 발끝에서 가슴까지 이어지는 온도를 기억한다.

오늘의 작은 발자국 하나가 내일의 나는 모르는 새로운 삶을 데려올 것이다. 아주 작은 발자국 하나가 오래 잠들어 있던 간절함을 깨울 것이다.

그래서 나는 오늘도 흙 위에 아주 작은 기적을 남긴다. 첫걸음이라는 이름의, 아주 조용하고도 깊은 기적을.

작은 첫걸음이 큰 다짐을 품을 때

바람의 문턱에서

우리는 평생 동안 수많은 시작을 맞이한다. 아주 사소한 마음의 움직임에서부터, 오랜 시간 고민하고 결심한 끝에 내딛는 중요한 발걸음까지. 그 시작의 순간은 늘 다르게 다가온다.

어떤 날은 문득 생각나듯, 조용히 우리 곁으로 스며들고, 또 어떤 날은 마음속 깊이 오래 숨겨둔 결심이 어느새 표면으로 떠오른다. 돌아보면, 시작이라는 건 언제나 예상치 못한 순간에 우리를 찾아온다. 내가 겪었던 첫걸음들도 그랬다. 마음이 철저히 준비되어 있었던 것은 아니었다. 오히려 '이제는 움직여야 한다'는 아주 작은 떨림이, 조용히, 그러나 단단하게 스며든 덕분이었다.

나는 흔히 어떤 변화를 결심할 때마다, 막연한 두려움이 먼저 떠올랐다. 길을 잘못 선택하면 어떡하지? 지금 가진 것을 잃으면 어떡하지? 내가 과연 해낼 수 있을까? 그런 질문들은 한순간도 조용하지 않았다. 머릿속을 떠다니는 불안의 그림자들은, 가만히 있어도 발걸음을 붙잡아 버렸다.

그러나 이상하게도, 그 불안이 가장 깊어졌을 때 어디선가 바람 하나가 스치듯 마음을 흔들고 지나갔다. 아주 가볍고 짧은 감각이었지만, 그 바람이 스쳐 간 자리에는 묘하게도 작은 용기가 남았다. 그 용기는 마치 "너는 이미 준비되어 있어"라고 귓가에 속삭이는 듯했다. 보이지는 않았지만, 느낄 수 있었다. 잠시 멈춰 있는 마음속, 이제 막 움트려는 결심의 싹을 살짝 감싸는 온기처럼, 바람은 조용히 다가와 존재감을 알렸다.

나는 그 순간을 '바람의 문턱'이라고 부르고 싶다. 우리 모두가 걸음을 떼기 직전에 서게 되는, 멈춰 있던 마음과 앞으로 나아가려는 마음이 교차하는 경계. 그 문턱 위에서 우리는 숨을 고르고, 자신의 내면을 한 번 더 들여다보며, 작고 조용한 목소리 하나를 듣게

작은 첫걸음이 큰 다짐을 품을 때

된다. "지금이야. 이제 첫걸음을 내딛어도 괜찮아."

처음에는 그 목소리가 낯설었다. 아무도 내 손을 잡아주지 않았고, 아무도 내 선택을 대신 책임져주지 않았기 때문에 나는 늘 주춤거렸다. 하지만 바람은 묘하게도, 내가 스스로 움직일 때까지 내 곁을 떠나지 않았다. 때로는 뒤에서 살짝 등을 미는 것처럼, 때로는 가벼운 포옹처럼 마음을 감싸주는 듯, 조용하지만 분명한 존재감을 느끼게 해 주었다.

우리가 첫걸음을 내딛지 못하는 이유는 능력이 부족해서도, 상황이 나빠서도 아니다. 대개는 단순히 두려움 때문이다.'변화'라는 단어가 주는 낯섦과 불확실함, 그리고 실패할 수 있다는 가능성이 우리 마음을 제자리로 붙잡아 두는 것이다.

그런데 바람은 이 두려움을 대신 이겨주지 않는다. 그대신, 이미 내 안에 있는 힘을 보여준다. 스스로 깨닫게 해 준다. 보이지 않는 곳에서, 하지만 확실하게, 우리 마음속 잠재된 용기를 비춰주는 작은 빛처럼. 그리고 우리는 그 빛을 따라 조심스럽게, 그러나 분명히

한 걸음을 내디딘다.

첫걸음을 내디딘다는 것은 단순한 행동이 아니다. 그 작은 발걸음 속에는 긴장과 설렘, 두려움과 희망이 한데 섞여 있다. 누구도 대신 내디뎌줄 수 없기에, 그 발걸음은 오롯이 나 자신을 향한 신뢰와 용기의 표시다. 바람에 흔들리는 마음이 잠시 앞으로 기울어지는 정도, 혹은 머뭇거리다 내딛는 아주 얇은 걸음 하나가 때로는 우리의 삶을 완전히 바꿔 놓는다.

그 작은 걸음 하나로 나는 다시 나를 발견한다. 지금까지 움츠러들어 있던 마음, 스스로를 믿지 못해 멈춰 있던 시간들, 그 모든 순간이 그 한 걸음 속에서 조용히 녹아 사라진다.

첫걸음을 내디딘다는 것은 결코 남들에게 보여주기 위한 일이 아니며, 누군가에게 인정받기 위해서도 아니다. 그것은 나 자신에게 보내는 가장 순수한 약속, "나는 내 삶을 살아갈 것이다"라는 선언이다.

바람은 여전히 내 곁에서 속삭인다. 조용히, 그러나 분명하게 나를 밀어주며, 내 마음속 잠재된 용기를 깨우는 작은 신호가 된다.

대단한 변화가 일어나는 것이 아니라, 조용한 움직임 하

작은 첫걸음이 큰 다짐을 품을 때

나 가네 마음을 조금씩 앞으로 기울이게 만들 뿐이다.

나는 오늘도 흔들리는 바람을 느낀다. 가볍게 스쳐 가는 그 공기 속에서, 새로운 시작이 아주 조용히 나를 부른다. 그 소리를 마음에 담고, 나는 천천히 대답한다. "그래, 이번엔 내가 먼저 걸어볼게."

작은 한 걸음이지만, 그 한 걸음 안에는 수많은 다짐과 용기가 담겨 있다. 그 작은 발걸음이 쌓이고 쌓이면 나의 삶의 길이 되고, 나를 지켜주는 힘이 되며, 아직 만나지 못한 나 자신과 마주할 수 있는 문이 열린다.

첫걸음은 언제나 가장 작다. 하지만 그만큼 가장 큰 힘을 품고 있다. 가장 작지만, 가장 진실된 약속으로서, 우리의 내일을 향한 여정을 시작하게 만든다. 그 작은 발걸음을 믿고, 나는 오늘도 한 걸음 내디딘다. 그리고 마음속 깊은 곳에서 속삭인다. "나는 나를 믿는다. 나는 나의 길을 걸어가겠다."

바람이 머리칼을 스치며 지나간다. 햇살은 내 마음 위에 부드럽게 내려앉는다. 그 모든 순간이 나를 앞으로 이끌고, 내 안에 있는 힘과 용기를 다시금 일깨운다. 첫걸음은 늘 조용하지만, 그 속에서 피어나는 다짐은

우리 삶의 방향을 바꾸고, 오늘을 내일로 이어주는 가장 단단한 씨앗이 된다.

그리고 우리는 그 걸음을 통해 비로소 스스로를 믿는 법을 배워간다. 작은 발걸음을 내디디며, 멈춰 있던 마음이 조금씩 앞으로 기울 때마다 나는 내 안에 숨어 있던 힘과 용기를 하나씩 발견한다. 첫걸음을 떼는 순간은 외부의 평가나 성취와는 무관하다. 오롯이 나 자신에게 보내는 가장 진솔한 약속이다. "나는 나를 믿는다."그 약속이 내 삶의 방향을 바꾸고, 잠시 머뭇거렸던 마음을 조금씩 밀어내며, 다시 한 걸음 내딛게 만드는 힘이 된다.

바람은 여전히 내 곁에서 속삭인다. 대단한 변화가 일어나든, 아무 일 없는 평범한 날이든, 그 바람은 늘 존재감을 알리며, 나에게 묻는다.

"지금의 나는, 어디쯤에서 멈춰 서 있는가?"그리고 다시 한번 질문한다.

"바람이 스치는 저쪽 끝에, 내가 걸어가야 할 길이 있지 않을까?"

작은 첫걸음이 큰 다짐을 품을 때

첫걸음을 내디딘다는 것은 성공을 향한 선언이 아니다. 그것은 세상에 보여주기 위한 것이 아니라, 스스로에게 보내는 신뢰와 사랑의 메시지다.

조금은 떨리고, 불안하지만, 그 순간의 작은 용기가 우리를 앞으로 이끈다. 작은 발걸음 하나가 모여 새로운 길이 되고, 오늘의 다짐이 내일의 방향을 밝힌다. 나는 오늘도 흔들리는 바람을 느낀다. 가볍게 스쳐 가는 공기 속에서 새로운 시작이 아주 조용히 나를 부른다. 그 부름에 마음을 기울이면, 나는 작은 목소리로 속삭인다. "그래, 이번엔 내가 먼저 걸어볼게."

작은 한 걸음이지만, 그 안에는 수많은 다짐과 용기가 숨 쉬고 있다. 작지만 분명한 움직임이 내 삶의 문을 열고, 내 안에 숨어 있던 가능성을 깨운다. 첫걸음은 늘 작다. 하지만 그만큼, 가장 깊은 다짐과 가장 큰 의미를 품고 있다. 그 작은 걸음을 믿고 내딛는 순간, 우리는 다시 우리 자신과 마주하며, 조금 더 단단하고, 조금 더 자유로운 존재로 나아간다.

오늘도 나는 마음속으로 속삭인다. "나는 나를 믿는다. 나는 나의 길을 걸어간다." 그 다짐은 조용하지만 확실하게, 내 안에 살아 숨 쉬며 나를 앞으로 이끈다. 첫걸음은 가장 작지만, 그만큼 가장 큰 다짐을 품고 있으니까.

작은 첫걸음이 큰 다짐을 품을 때

처음 바람이 스친 자리

처음 걷기 시작한 길은
너무 조용해서,
내 발소리만 크게 울렸다.
뒤돌아보면 아직 따뜻한 자리,
머뭇거리던 그림자가 따라오지만
나는 조금씩 속도를 올렸다.

바람이 스칠 때마다
새로운 냄새가 났다.
두려움과 기대가 섞인 향기.
내가 잘 가고 있는 걸까
잠시 고민해도
발은 계속 앞으로 움직였다.

첫걸음은 늘 작지만

그 작음 속에

내가 몰랐던 용기가 숨어 있었다.

작은 첫걸음이 큰 다짐을 품을 때

흔들리는 발끝의 용기

한 발을 들자
세상이 잠시 기울었다.
익숙했던 공간이 멀어지고
앞에 놓인 길이
천천히 모습을 드러냈다.

발끝은 흔들리고
마음은 잠깐 주저앉았지만,
그 순간 작은 생각이 스쳤다.
'지금 걷지 않으면
나는 아무 데도 도착하지 못하겠구나.'

그래서 내디뎠다.
조금 부서진 마음도 끌고,

아직 정리되지 않은 고민도 데리고.

첫걸음은 완벽한 마음에서 나오는 게 아니라

흔들려도 나아가려는 마음에서 시작된다는 걸

그제서야 알았다.

작은 첫걸음이 큰 다짐을 품을 때

너를 향해 조용히 걷는 밤

밤길은 더 깊게 느껴지고
어둠은 모든 소리를 삼켜버린다.
그 속에서 나는
너를 떠올리며
조용히 첫발을 내디뎠다.

멀리서 깜빡이는 불빛 하나가
마치 너의 마음 같아서
그 빛을 향해
작은 발자국을 남기기 시작했다.

걷다 보면
불확실한 순간들이 생겼다.
내가 잘 가고 있는지

길이 맞는지
아무도 말해주지 않으니까.

그래도 이상하게
심장은 안정됐다.
네가 떠올라서일까.
첫걸음이라는 건
누군가를 향한 마음이
조용히 등을 밀어줄 때
가장 따뜻해진다는 걸
밤하늘 아래에서 천천히 배웠다.

작은 첫걸음이 큰 다짐을 품을 때

땅

마지못해 길을 잃고 계절마저 도망치는 세상 속에

평온한 하루를 보내셨나요
혹여 발을 헛디뎌 넘어지셨나요

뭐가 어찌 됐든 도망치는 계절 속에서
태양은 굳건히 떠 있음을

깊은 상처 위에 덮인 흉터가 말해주듯
내가 딛는 이곳의 땅은
무의미한 땅이 아님을

내딛는 서툰 발 하나하나에
많은 노력과 용기가 있다는 걸 알아

그대의 처음이 그리 나쁘지만은 않다는걸.

존재함으로써 생기는 유한 속의 영원을,
의미 있는 지구에서 지금 이 순간을.

오늘도 부디 평온한 하루가 되길 바라요

작은 첫걸음이 큰 다짐을 품을 때

별빛을 건너

네게 가고 있어

겨우 내 쌓인 눈을 넘어

반짝이는 은하수를 건너

푸른 새벽의 우주 속으로

세상엔 무한한 것들이 많아

너는 그중 가장 찬란하지

별빛으로 만든 차를 마셔볼래

사랑을 꿈꾸는 사람의 키스를 받아볼래

저기 문이 보여

거의 다 왔어

나를 응원해 줄래

이건 너를 향한 나의 첫걸음

창문 밖으로 따뜻한 향이 새어 나오고

무한히 쏟아지는 유성우들

손바닥 가득 쏟아진 별 부스러기와

나를 향해 활짝 웃는 너

작은 첫걸음이 큰 다짐을 품을 때

엄마야

엄마야 엄마야
처음 부른 사람
아장아장
처음임에도 잘도 걷던 고사리 발
새근새근 잠에 들어
처음으로 꼭 잡은 손

내 모든 첫걸음 그 마지막엔
한 걸음 앞에서 기둥처럼 서 있는
우리 엄마, 우리 엄마...

하루, 이틀, 사흘 뒤 생길 첫걸음에는
한걸음 뒤에서 밀어주신다.

다시, 첫걸음

목적지도 없이 허허벌판을 터덜터덜 걷고 있습니다.
해도 똑같고 달도 똑같은데, 달력 한 장이 넘어갔다는
이유만으로 해는 새해가 되었고
다시 내딛는 이 걸음은 또 하나의 첫걸음이 됩니다.

한 해가 어떻게 흘러갈지,
이 발걸음이 나를 어디로 데려갈지
앞은 여전히 흐리지만 그래도 멈추지 않고 걷습니다.

가끔은 정말 날고 싶다는 생각이 듭니다.
날 수 있는 길, 정말 여기에 있을까—
벗어날 수 있는 길인지, 나를 더 알게 되는 길인지…
하늘 위에서 내려다보고 싶지만 날개가 없으니 두 다
리로 걸어갈 수밖에 없습니다.

작은 첫걸음이 큰 다짐을 품을 때

그래도 언젠가 나를 살게 하는 한순간을 만나게 될
거라는 작은 기대가 다시 발걸음을 움직이게 합니다.

그 순간을 만난다면
하늘을 나는 듯한 기분이 들 것 같습니다.
이 걸음이 언젠가 행복으로 이어지는 거름이 되기를
바라며 오늘도 터벅터벅, 어깨를 한번 쭉 펴고 다시
첫걸음을 내딛습니다.

내년에도 여전히 허허벌판 한가운데서 새해를 맞이
하게 되더라도 그저 무탈하게, 지금보다 조금 더 단단
해진 모습으로 서 있기를 바라봅니다.

숲이 우거진 산길을 걷는 사람도, 푸른 바다를 바라보
며 걷는 사람도, 목적지를 향해 가는 사람도,
그리고 저처럼 허허벌판을 지나고 있는 모두의 여정
역시 무탈하기를 빕니다.

다짐

이른 새벽
아직 걸어보지 못한 길을
쓰다듬는 이가 있습니다

누군가는 아직 뒤척이는 시간
이불 안에서도 오소소 떨리는 초겨울의 새벽

청소부 아저씨는
우수수 떨어지는 늦가을을 온 등으로 맞으며
정성스레 길을 쓸고 있습니다

아저씨는 이리저리 뒹구는 낙엽들을
몇 번의 비질로 길가에 모으는데
바람의 입김을 맞은 낙엽 산은 하릴없이 허물어지고

작은 첫걸음이 큰 다짐을 품을 때

맙니다

바람이 말썽쟁이처럼 낙엽을 날리면
아저씨는 다시 낙엽을 모으기를 반복합니다.

그 모습이 애처로워
나는 길을 멈추고 점퍼 주머니에서 꺼낸
따끈한 핫팩을 아저씨에게 내밀었습니다

나는 알지 못했습니다

내가 걷는 이 길이
누군가 수천 걸음을 오가며 쓰다듬어 만들어 낸 길이
라는 것을

내가 걸어온 이 계절 위에
그토록 부지런한 누군가가 함께 있었다는 사실을 말
입니다

이제 긴 겨울이 기다리고 있습니다.
모두가 이 길 위에서 지치지 않기를 바랍니다

바람이 흔든다고
당신도 흔들리지 않았으면 좋겠습니다

오늘의 내가 누군가를 응원하듯
당신도 그렇게 나의 걸음을 응원한 적이 있었겠지요

지나간 길을
가만히 돌아보았을 때,

오늘 이 길 위에서의 다짐이
당신의 가장 빛나는 첫걸음이기를
나의 미소로 알게 합니다

작은 첫걸음이 큰 다짐을 품을 때

첫걸음

누구의 발자국도 없었다

나의 첫걸음이 하얀 도화지 위에

인장처럼 새겨졌다

하나— 두울—

하얀 길 따라 나의 마음이

가만히 놓여졌다

포슬포슬

숨결에도 날아가는 여리고 순결한

한 줌의 눈을 쓸어본다

뽀득 뽀드득

자그마한 눈 뭉치가 뜨거운 손바닥에서

싱그럽게 살아난다

강아지 한 마리,
눈밭 위에 조심스레
아주 작은 발자국을 찍는다

첫걸음은 누구에게나 두렵다
가보지 않았던 첫 길은 누구에게나 낯설다
그래서 첫걸음은 용기라는 또 다른 이름이다

그 용기는 설렘이 되고
그 설렘은 나를 움직이게 한다

그렇게
세상으로 한 발 한 발
나를 내딛게 한다

작은 첫걸음이 큰 다짐을 품을 때

장산범의 첫걸음

 도치마을 뒷산에 올라 마을을 내려다보자 마을 풍경이 별을 수놓은 밤하늘처럼 빛났다. 늦은 시간까지 다들 무슨 일을 하길래 밤에도 마을이 이렇게 환한 것일까? 유준은 마을을 바라보며 생각에 잠기다 문득 자신도 일 때문에 산에 오르고 있다는 사실을 깨달았다. 사람이 자주 오르내리는 산이라 길이 평평하게 잘 조성되어 있었다. 덕분에 애써 나무와 풀을 헤치며 나아가는 수고는 덜었지만, 아무래도 산이다 보니 밤길이 어두운 것은 어쩔 수 없을 것이다.

"정(丁)."

 유준은 오른손 검지를 세우고 조용히 말했다. 그러자 손가락 끝에서 약한 불길이 솟아올랐다. 유준은 희미한 불길에 의지한 채 조심히 산을 탐색했다. 앞이 잘 보이지 않아 답답했지만 괜히 큰불을 일으켜 '장산

범'의 눈에 띄면 끝장이다. 희고 긴 털을 지닌 호랑이 요괴인 그 장산범 말이다.

장산범은 상(上)급 요괴다. 유준은 하(下)급 요괴를 물리치며 들어오는 푼돈으로 평생 먹고 살 작정이었다. 굳이 중(中)급 이상의 요괴와 싸워 다치거나 목숨을 잃고 싶지 않았다. 물론 하급 요괴 한 마리는 최저 시급도 안 되는 금액이었지만, 아무튼 먹고살 만하니 이만하면 됐다고 생각했다. 그런 유준에게 장산범 사냥 임무가 내려진 것이다. 유준은 즉각 요괴 처리 기사협회에 항의했다.

"상급 요괴 사냥 임무는 중급 요괴를 30마리 이상 사냥한 기사에게 내려지는 임무 아닌가요? 전 중급 요괴를 사냥한 적이 없습니다."

유준의 선배이자 협회 임원으로 상담 업무를 담당한 서하가 답했다.

"꼭 그렇게 정해진 법은 없지만, 언제부터인가 그렇게 하는 것이 관례처럼 자리를 잡았지. 하지만 유준아, 넌 중급 요괴를 사냥한 적은 없지만 하급 요괴를 2,383마리나 사냥했어. 그리고 중급 이상의 요괴를 사냥하던 기사들은 저번에 역귀를 처리하다 크게 다치는 바람에 이 임무를 담당할 수 없어. 그래서 중급 이상 요괴를 사냥한 경험은 없지만, 이번 임무를 무사히 해낼 것 같은 기사를 찾게 되었지. 결과적으로 하급 요괴 사냥 수가 가장 많은 유준이 이 임무를 담당하게 된 거야.”

“하지만 중급도 잡아보지 않은 제가 상급을 잡을 수 있을까요? 저는 진심으로 자신이 없습니다.”

“임무를 수행하러 갔다가 무리라고 생각되면 바로 돌아와도 좋아. 협회도 기사들에게 강제적으로 임무를 맡기는 걸 원하지 않아. 그리고 나도 중급 요괴를 잡아보지 않은 기사에게 상급 요괴 임무를 주는 건 처음이라 영 마음에 걸리네. 일단 협회 쪽에서 조사해놓은 장산범에 대한 자료를 전부 줄게. 힘이 되는 말일지는 모르겠지만, 일단 말해두는데 장산범의 사냥 보수는 하급 요괴 평균 보수의 50배야. 유준, 이 기회에 중급 이상 요괴에도 발을 들여보는 건 어때?”

“애초에 장산범은 왜 잡아야 하죠? 아직 사람에게 피해를 끼쳤다는 보고는 없지 않나요?”

“유준, 기사로서 굉장히 무책임한 발언을 하네. 네 말

대로 '아직' 피해가 발생하지 않은 거지. 장산범으로 인해 피해가 발생할 여지는 많아. 직접적으로 공격 당할 수도 있고, 장산범이 일으킨 환각으로 인해 등산 중 사고가 발생할 수도 있고, 장산범의 기운이 다른 요괴를 불러들여 도치 마을에 요괴가 들끓게 될 수도 있어. 장산범은 그냥 두어선 안 되는 요괴야."

 유준은 다리를 거의 끌다시피 하며 조심히 산을 올랐다. 심장 소리가 머릿속을 울리고 근육이 긴장으로 응축되는 듯한 느낌이 들었다. 협회 쪽에 지원 요청이라고 할 걸 그랬나. 유준은 뒤늦게 후회가 됐다. 그때, 오른편에서 쉬익-하는 바람 소리가 들렸다. 바람이 부는 선선한 가을이긴 했으나 이렇게 매서운 소리가 날 정도로 강한 바람이 부는 날씨는 아니었다. 장산범이다. 장산범은 자연 소리를 성대모사 할 수 있다. 유준은 천천히 그리고 조용히 자세를 오른편으로 돌렸다.
 흩날리는 하얀 털, 매끈한 몸체, 진홍색 피부가 눈에 들어왔다. 한밤중이었지만 장산범의 털이 워낙 하던 탓에 그 존재가 더욱더 인상에 남았다. 유준은 스산한 배경에 우뚝 선 하얀 존재가 이질적이면서도 요

작은 첫걸음이 큰 다짐을 품을 때

괴담다는 생각이 들었다.

"을(乙)!"

유준이 다급히 주문을 외자 유준과 장산범 주위에 덩굴이 자라났다. 장산범이 사냥 중 산 밖으로 튀어나가 마을로 향하는 것을 방지하기 위함이다.

"정(丁)! 경(庚)!"

유준은 더 많은 불꽃을 만들어 주변을 밝히고, 도검을 꺼내 들었다. 서하의 목소리가 머릿속에 맴돌았다.

'장산범도 일단은 호랑이니까···. 너무 무서우면 고양이를 떠올리면 돼. 장산범이 먹잇감을 사냥할 때는 그 집중력이 배가 되는데, 마치 먹잇감을 지긋이 바라보는 고양이와 같지. 그때에는 장산범을 공격하면 안 돼. 장산범의 집중력이 가장 높을 때라 너의 움직임이 모두 읽히게 될 거야. 장산범이 첫걸음을 떼는 순간, 바로 그때가 집중력이 흐트러진 때야. 그 순간에 공격해야 해.'

'하지만 제가 장산범이 첫걸음을 떼는 속도보다 빠르게 공격할 수 있을까요?'

'장산범은 지능적인 요괴야. 그만큼 신중하지. 처음부터 달려드는 무모한 행동은 하지 않아. 아마 첫걸음

첫걸음

도 매우 신중하게 내디딜 거야.'

장산범은 마치 궁지에 몰린 쥐를 바라보는 듯 쉬익-하는 바람 소리를 내며 유준을 응시했다. 조금의 움직임도 없이 푸른 안광을 내비치며 유준에게 초점을 맞췄다. 유준도 받아치듯 공격 태세 그대로 장산범을 마주 보았다.

'발을 떼라, 어서 첫걸음을 떼! 한 번에 끝내주마!'

유준의 시선은 장산범의 발로 향했다. 길고 매끈한 다리는 바람에 흰 털만 흩날릴 뿐 꿈쩍도 하지 않았다. 장산범의 다리는 유준의 상상보다 훨씬 길었다. 난생처음 보는 4족 동물의 비율에 유준은 소름이 돋았다.

'첫걸음을 떼는 순간을 놓쳐선 안돼. 저 녀석보다 내 공격이 늦으면 난 까딱하다 죽고 말 거야!'

도검을 쥔 손이 땀에 미끌거리고 팔에는 시원하게 퍼지는 통증이 느껴졌다. 공격 태세를 오래 갖추고 있자니 종아리부터 허벅지, 그리고 허리까지 아파오기 시작했다. 순간 현기증으로 눈앞이 잠시 일렁거렸지만 금방 장산범의 앞발로 초점을 되찾았다. 장산범의 발은 여전히 고고했다. 안정적이었다. 윤기가 있었다.

작은 첫걸음이 큰 다짐을 품을 때

마치 고양이처럼 다소곳한 자세였다.

'어서 움직여, 제발⋯!'

유준이 처음 장산범을 마주쳤을 땐 어떻게 사냥해야 하나 머릿속이 복잡했다. 그러나 지금은 그저 장산범이 첫걸음을 떼어 빨리 공격 태세를 해제하고 어깨 위로 높게 쳐든 도검을 힘껏 휘두르고 싶다는 생각만 가득했다. 같은 자세를 지탱하는 다리도 근육이 꼬이는 듯 아팠지만, 도검을 쳐든 팔이 마치 나뭇가지처럼 굳어가는 듯한 느낌이었다. 유준은 머릿속으로 '첫걸음, 첫걸음, 첫걸음'을 되뇌고 있었다.

장산범은 쉬익-하며 유준의 얼굴에서 떨어지는 방울방울을 응시했다. 유준은 어느덧 울고 있었다. 장산범 사냥을 포기하고 움직이고 싶어도 움직이는 순간 저 괴상망측한 호랑이가 덤벼들 것이라 생각하니 꼼짝도 할 수 없었다. 그는 장산범이 무슨 생각을 하고 있는지 궁금하기까지 했다.

"까악- 까악-"

장산범은 대뜸 까마귀 소리를 흉내 내더니 천천히 첫걸음을 옮겼다. 서하의 말처럼 장산범의 움직임은 빠르지 않았다.

"아…!"

유준은 검을 휘두르려 했으나 힘이 빠져 그만 풀썩 주저앉고 말았다. 아니, 주저 눕고 말았다. 흙바닥과 한 몸이 된 유준의 온몸이 비명을 질렀다.

장산범은 천천히 유준에게로 다가갔다. 뿜어져 나오는 도파민 덕분인지 유준은 조금이나마 움직일 수 있었다. 다시 검을 쥐고 일어서려 했다.

'잡아먹히나…?'

유준의 귀는 쿵쾅거리는 소리로 가득 찼다. 후들거리는 다리로 다시 일어서려 했으나 금방 다시 주저앉았다. 장산범은 코앞까지 다가와 있었다.

'살려줘…! 널 사냥하려 해서 미안해. 제발 날 그냥 보내줘! 신이시여, 제발 도와주세요! 제발, 제발…!'

"냐- 냐-"

장산범은 이번엔 고양이 울음소리를 흉내 내고는 유준을 지나쳐갔다. 장산범은 잡식성 요괴였으나, 마치 먹지 못하는 먹잇감인 양 유준을 지나쳤다. 유준은 고고하게 윤기 나는 꼬리를 살랑거리며 나무 사이로 사라지는 장산범을 허탈하게 바라봤다. 장산범의 모습은 점점 작아져 어느덧 유준의 시선 속에서 자취를

작은 첫걸음이 큰 다짐을 품을 때

감췄다.

"하아···."

 아침 해가 떠오르며 눈물 자국이 말라붙은 유준의 얼굴을 비췄다. 산에는 아침 새가 지저귀는 소리만이 울려 퍼졌다.

우주가 보낸 메시지

너 또한 처음이란 게 있었지
우주가 널 처음 안았을 때
그때가 시작이었어

우주는 많은 비밀을 숨기고 있음에도
기꺼이 너를 견고히 빚었고
이름 모를 발전을 기약했어

첫걸음은 많은 걸 의미하겠지만
너만 한 의미는 없을 거야
내딛는 걸음마다 너의 표정이 찍히겠지만
그럼에도 웃는 날이 더 많을 거야
셀 수 없이 많은 슬픔을 동반하겠지만
그럼에도 숨을 마주할 가치가 있을 거야

우주는 걱정 없이 널 품에 안았어
네가 기어코 이겨낼 거라 믿었거든
그래서 우주의 첫걸음에는 어떠한 망설임도 없었지

넌 얼마나 대단한 시작을 준비하길래
이렇게 오랜 시간 고민하는 거야?

오늘 밤은 우주가 전한 메시지를 깊이 새겨 보길 바라
아득했던 우주가 비로소 너의 손에 잡히는 밤이야

p.s. 잊고 있던 우주의 메시지를 떠올리며 나의 우주
에 안부를 전한다.

1. 임나경

45살의 글을 향한 첫걸음

벌써 20년도 더 지났으나 그 겨울부터 봄은 내겐 마냥 날씨가 좋은 것만으로는 기억되지 않았기 때문일 것이다. 8개월 만에 열 달도 미처 다 채우지 못하고 성질 급하게 세상으로 나온 나는 뇌성마비 지체 장애를 가지고 나왔고 요즘 말로 표현하면 기마 자세로 무릎을 약간 굽힌 자세에서 양발의 뒤꿈치까지 들고 다니는 자세로 걸어 다녔다. 보다 못한 부모님이 내가 8살에 이어 25살이 되는 해에 다시 한번 너를 편하게 걷게 해 주고 싶다 라는 이유로 수술을 권하셨고 나는 그렇게 내 뜻과는 무관하게 두 번에 걸친 대수술을 했다. 어릴 때는 정말 아무것도 모르고 가서 수술을 했다면 25살에 다시 한 수술은 진짜 싫었고 내키지 않았다. 돈도 돈이고 지방에서 서울까지 올라가서 2주가 넘는 입원 생활을 해야 하는 것도, 무엇보다도 어렸을 때 한 수술을 다시 반복하는 게 내 입장에서는 어렸을 때의 병원 생활을 떠올려야 하는 흡사 고문 같은 기분이었기 때문이었다. 우여곡절 끝에 월요일 1차 수술 후 하루 쉬고 수요일 2차 수술을 하는 식으로 두 번에 걸친 대수술이 끝나고 2주의 입원 생활 이후 집으로 돌아와 수술보다 더 힘든 걷는 연습이 시작되었다. 병원에서 퇴원할 때 의사가 권유해 구매한 딱딱한 플라스틱(?) 재질의 보조기를 차고 걸었는데 날씨가 겨울에서 봄이 되기 시작하면서 날이 풀려서 더웠고 양 뒤꿈치가 딱딱한 보조기에 쓸려서 따갑다 못해 나중에는 피가 났다. 그리고 가장 괴로웠던 건 적당히를 모르고 비가 오건 해가 비추건 매일 한 시간씩 해야 했던 걸음 연습이었다.

멀쩡하게 잘 걷던 사람이 수술해서 2주 가까이 누워 있어도 다리에 힘이 빠져 다시 걷는 게 쉽지가 않을 텐데 하물며 나는 장애가 있는 사람이 아닌가. 다시 칼을 대서 수술을 했는데 거기다가 발이 안쪽으로 돌아가는 걸음걸이까지 교정한다고 양쪽 고관절에 ㄱ자로 된 대형 철사를 박아뒀으니 익숙하지 않은 걸음도 불안한데 넘어지면서 아스팔트에 넘어지면 그 충격이 철심으로 전달되어 매일을 엉엉 울어야 했으니 걷는 시간이 이가 바득바득 갈리게 끔찍하기 짝이 없었다. 처음에는 혼자서는 넘어질 것 같으니 엄마가 같이 옆에서 잡아주고 앞, 뒤로 따라붙어 보면서 걸었는데 시일이 지나면서 점차 걷는 게 좀 나아지니 잡아주지도 않고 걸으라고 했다. 잘 걷다가도 넘어져서 고관절에 박힌 철심에 충격이 전달되면 그게 그렇게 어마무시하게 아팠다. 그래서 5일에 3일 이상은 동네가 다 들리게 엄마와 싸웠다. 내가 언제 다시 수술 시켜 달라고 했냐고. 난 분명히 내키지 않아 했는데 본인이 억지로 끌고 가서 의사한테 보이고 수술 시켜 놓고 처음 수술했을 때처럼 어린 나이도 아니고 25살에 엄마나 나나 또 이게 무슨 고생이냐고. 나는 나이 더 들어서 노인 돼서 다리 힘없으면 방에서 앉아 굶어 죽으려고 했는데 돈은 돈대로 깨지고 서로 안 하고 안 들어도 되는 말 하고 이러려고 한 수술이냐고, 보조기를 방문을 향해 집어 던지고 길바닥에 벗어 던지기도 했다. 글을 쓰는 지금도 기억이 떠올라 목이 메여서 눈물이 나는데 눈이 오나 비가 오나 엄마와

작은 첫걸음이 큰 다짐을 품을 때

그렇게 독하게 한 걸음 연습 때문에 지금은 다시 수술 전처럼 잘 걷는다.

아이가 첫걸음을 떼는 것이 쉽지 않듯이 수술 후에 다시 걷는 것도 역시 쉽지 않다. 나는 평생 글 쓰는 일을 업으로 삼고 싶었으나 요즘은 글 잘 쓰는 사람도 20년 전보다 훨씬 많고 나는 영 재능이 없는 듯해서 남은 생에서 글을 몰아내듯 잊으려 했고 잊고 지냈던 사람이다. 그러다 이 공모전을 보았을 때 다시 태어난 사람처럼 재수술하고 걷는 연습을 하던 25살의 그때가 떠올랐다. 내 글이 누군가에게 힘이 되고 위로가 될 수 있을까. 다시 도전해도 될까. 여전히 두렵고 겁도 나지만 25살의 그해 봄처럼 더듬더듬 걸어본다. 단 한 명이라도 내 글을 보며 삶을 다시 열심히 살아봐도 좋겠다. 라는 미소를 지을 수 있다면 어렵게 용기 낸 글을 향한 내 '첫걸음'이 힘 날 것 같으니까 말이다.

작가의 첫걸음

중학교 때부터 작가의 꿈을 꿔왔다. 학교를 졸업하고 대학교 생활과 어른이 되어 가는 여정에서 그 꿈을 잃지 않았지만 이루려고 노력을 안 했다. '언젠가, 나중에 은퇴하고 나서 글을 써야지'하며 생각했다. 그런데 30대 중반부터 독서와 친하게 지내다 보니 글을 빨리 쓰고 싶어졌다.

막상 쓰기 시작했을 때 자신감이 없었다. 이 정도 생각으로 글을 써도 되는 걸까, 이미 다 쓰인 이야기 아닐까 하는 의심이 손을 붙잡았다. 문장은 자주 멈췄고, 한 문단을 지우는 데 오래 걸리기도 했다. 그때 깨달았다. 작가의 첫걸음은 재능이 아니라 끈기를 발휘하는 일이라는 것을.

글을 쓰는 시간은 생각보다 어려웠다. 세상은 빠르게 반응을 요구하는데, 글은 묵묵히 기다리라고 말했다. 그 기다림 속에서 나는 내 생각의 속도를 처음으로 들여다보게 되었다. 무엇을 쉽게 판단하고, 무엇을 끝내 말하지 않는지. 글은 나를 꾸며주지 않았고, 대신 그대로 드러냈다.

어느 날은 쓴 글이 어색해 보였고, 또 어느 날은 그 어색함조차 기록해 두고 싶어졌다. 잘 쓰고 싶다는 욕심보다 계속 쓰고 싶다는 마음이 조금씩 커졌기 때문이다. 그 순간부터 글은 목표가 아니라 습관이 되었고, 결과보다 과정이 나를 붙들었다.

아직도 나는 작가라고 불리기엔 어색하다. 하지만 쓰지 않으면 견딜 수 없는 사람이 되었다는 사실만은 분명하다. 매일 완성되지 않은 문장들 사이에서 흔들리며, 그 흔들림을 지우지 않고 남겨두는 법을 배우고 있다.

작가의 첫걸음은 출판도, 인정도 아니다. 오늘도 도망치지 않고 빈 페이지 앞에 앉는 일. 아무도 보지 않아도, 스스로를 속이지 않기 위해 한 줄을 쓰는 일. 아마 그 반복 끝에서야 비로소, 나는 나의 글을 만나게 될 것이다.

작은 첫걸음이 큰 다짐을 품을 때

첫걸음에 용기

첫걸음을 내디디려면
사람은 용기를 품어야 한다.
그런 사람은 무조건
성공하게 될 것이다.

발끝 아래서 펼쳐진 두려움 앞에서
망설였다가도 내디뎠던
그 첫걸음.

도전 뒤에 찾아온
성취감의 그 묵직함을
느끼며 말하고 싶다.
"용기 내길 잘했다."

1. 정옥순

지워질 것을 알면서 걷는다

하얀 눈 위에
조심스레 내려놓은 한 걸음,
아무도 밟지 않은 마음의 자리였다.

작은 발자국 하나가
말없이 나를 증명하고
나는 그 위에 오늘을 맡긴다.

열두 번째 달,
하늘은 처음인 듯 눈을 내리고
땅은 이유를 묻지 않고 받아준다.

지워질 것을 알면서도
나는 다시 한 발을 놓는다.

작은 첫걸음이 큰 다짐을 품을 때

작다는 이유로
주저하지 않기 위해서.

새해가 오면
모든 길은 다시 처음이 되고
나의 마음도 다시 흰빛으로 열린다.

그 길 위에서
나는 거창한 약속 대신
멈추지 않겠다는 다짐 하나를 품고
오늘의 첫걸음을 남긴다.

첫걸음

해맑던 그날의 볕 아래 맨발로 뛰놀던 마루 끝
보드라운 바람에 웃음 실어 엄마 손 놓던 그 순간

작은 발이 떨려와도 가슴엔 두근두근 설렘
세상은 아직 몰라도 나는 이미 꿈을 안고서

넘어지면 흙을 털고 다시 일어나던 나
눈물도 웃음이 되어 노을 속에 번져가

그게 나의 첫걸음 서툴고 느린 발자국
비록 비뚤어졌어도 내 길이 되던 순간

그게 나의 첫걸음 별처럼 반짝이던 날
어릴 적 나를 안고서 오늘의 내가 걷는다

작은 첫걸음이 큰 다짐을 품을 때

골목 끝 종소리 따라 저녁별 하나 깜빡이면
구수한 밥 냄새 속에 하루가 포근히 접히고

조그만 가슴에 담은 말 못 한 바람 하나
"내일은 더 멀리 가볼까" 혼잣말로 키워가

시간은 강물처럼 흘러 나를 어른으로 데려가도
그날의 떨림만은 아직 발끝에 남아서

그게 나의 첫걸음 세상을 믿던 이유
순한 마음 하나로 하늘을 올려다보던 나

그게 나의 첫걸음 돌아갈 순 없어도
어릴 적 나의 노래가 지금도 나를 걷게 해

오늘도 한 걸음 내일도 한 걸음
그날의 나처럼 천천히, 그러나 분명히

하나의 첫걸음

이 길로 가는 걸음 하나하나가 끝일 줄 알았다.

한 발짝씩 무거운 몸을 이끌고 최대한 멀리 떨어져 가본다.

끝이 어딜지도 모를 어두운 공기를 마시며 느릿느릿 의식 없이 걸었다.

그렇게 걷고 또 걷다 보니 벌써 이만큼 왔나 싶다.

그러다 생각을 바꿔본다.

이 어두운 공기를 가로질러 더 가보고 싶다고.

끝이 어디일지는 모르지만 결국 가고 있는 이 길이 첫걸음의 연속일 거라고.

그렇게 몸에 힘을 주어 다시 걸음 하나하나를 걸어간다.

내가 가고 있는 이 길의 끝이 첫걸음들이 모여 만든 도착지라는 걸 알기에.

걸음 하나하나가 나를 이끌어준 운명이라고 생각하기에.

작은 첫걸음이 큰 다짐을 품을 때

아르바이트로 첫 사회생활

처음 출근하던 날을 아직도 기억한다.

유니폼은 몸에 어색했고 명찰은 내 이름을 계속해서 의식하게 만들었다.

"잘할 수 있을까?"라는 질문이 문을 열기 전부터 머릿속을 맴돌았다.

그날의 나는 사회라는 공간 앞에 서서 조심스럽게 첫 발을 내딛고 있었다.

아르바이트는 생각보다 빠르게 현실을 알려주었다.

교과서에 없던 말투 예고 없이 몰려오는 손님들과 한 번에 여러 가지를 동시에 해야 하는 상황들

실수는 꼭 내가 가장 긴장했을 때 찾아왔다.

바코드를 두 번 찍고 거스름돈을 헷갈리고

괜히 혼자 얼굴이 빨개졌다.

그런데 이상하게도 하루이틀이 지나자

"죄송합니다"보다 "감사합니다"를 더 많이 말하게 되

었다.

단골 손님이 생겼고 인사를 건네는 얼굴이 익숙해졌다.

새벽 시간대의 편의점은 조용했고

그 조용함 속에서 나는 조금씩 익숙해지고 있었다.

사회생활은 거창하지 않았다.

누군가에게는 그냥 스쳐 가는 밤이었지만

나에게는 책임이라는 단어를 처음 몸으로 배우는 시간이었다.

지각하지 않는 것 맡은 일을 끝까지 해내는 것 기분이 좋지 않아도 웃으며 인사하는 것

그 모든 것이 나를 조금씩 어른 쪽으로 밀어주고 있었다.

아르바이트를 하며 알게 됐다.

사회는 완벽한 사람을 기다리지 않는다는 걸

대신 서툴러도 계속 오는 사람을 기억해 준다는 걸

오늘보다 내일이 조금 나아지면 충분하다는 사실을

그곳에서 처음 배웠다.

아직 나는 사회 초년생이다.

여전히 긴장하고 가끔은 주눅도 든다.

하지만 첫 출근 날 문 앞에서 망설이던 나와 비교하

작은 첫걸음이 큰 다짐을 품을 때

면 분명히 한 걸음은 앞으로 나아왔다.

아르바이트는 돈을 벌기 위한 일이었지만

나에게는 첫 사회생활이었고 세상과 나 사이에 놓인

작은 다리였다.

그리고 그 다리를 건너며 나는 알게 되었다.

첫걸음은 작아도 분명히 사람을 바꾼다는 것을

인생은 걸음마

"아가, 그렇지.
조금만 더, 한 번만 더 와볼까?
옳지! 오늘 처음으로 걸었네,"

태어나 세상에 내딛는 첫걸음마다
부모는 사랑을 먼저 내려놓는다.

나의 인생에 수없이 찾아온 '처음'들 앞에서
언제나 나 보다 더 큰 마음으로
나를 응원해 주던 사람들.

어딘가로 첫발을 내디딘 때
두려움이 스며든다면
기억해요.

작은 첫걸음이 큰 다짐을 품을 때

내 두 발에 새겨진

부모님의 사랑을.

첫걸음

은둔고립에서 세상 밖으로의 첫걸음

갇혀 있던 삶 속에서
한 걸음, 한 걸음씩
첫걸음을 내디뎌 왔다.

나는 중학교 때도 은둔 생활을 했고,
스무 살에는 그나마 고립에서 벗어나 왔지만
스물다섯 살쯤, 은둔 고립이 다시 시작되었다.

정말 세상 밖으로
나아오기 어려웠다.
가족들의 무시와 폭언, 그리고 나의 여러 잘못들로
이렇게 살아가기조차 어려웠다.
나에게 집은 울 수조차 없는 세상이었고,
결국 발걸음을 세상 밖으로 내디뎠다.

하지만…
다시 붙잡혀 버렸고
또다시 고립된 생활이 되었다.
아빠의 사업장에서
거의 갇힌 삶이었다.
벗어날 수 없던 공간이었다.

그러다…
다시 나의 안식처를 찾게 되었고,
그곳은 참 따뜻하고
나를 품어주는 곳이었다.
바로 교회였다.

버티고, 또 버티다가
나의 안식처를 되찾았고,
공동체와의 만남과 교제를 통해
점점 더 감사로 채워지고 있다.

앞으로의
나의 걸음걸음이
더욱 따뜻한 하루하루로 이어지기를 기대한다.

첫걸음

첫 발의 온도

아직도
그날의 공기가 남아 있다.

처음 마주한 순간,
말보다 먼저 번지던 웃음,
가슴 안쪽이
솜처럼 부풀어 오르던 느낌.

연인이라는 말은 서툴렀고
설렘은 충분했다.
함께 걷던 몇 걸음이
하루를 환하게 밝혀주던 시간.

작은 첫걸음이 큰 다짐을 품을 때

손끝이 닿을 때마다
행복은 소리 없이 자라났고
조금만 더 머물기를 바랐다.

첫걸음은
크지 않아도 괜찮았다.
서로의 사이에
따뜻한 온기 하나
놓을 수 있었다면.

이 몽글몽글한 시작이
오래도록 마음을 비추게 될 줄은
그때는 알지 못했다.

오늘, 먼저 걷는다

밤새 내린 눈으로
온 세상이 하얗게 변한 새벽,
옷깃을 여미고
나는 조심스레 걸음을 뗐다.

아무도 걷지 않은
하얀 도화지 같은 길 위에
발자국 하나를 남긴다.

흔적 없던 눈 위에 남은
작은 발자국이
이 길을 지나갈 누군가에게
조금은 안전하다고
말해 줄 수 있을까.

작은 첫걸음이 큰 다짐을 품을 때

앞서 걷는다는 건
용기와 희생이 필요하다는 것.

나 역시 누군가의 걸음 위에
겹쳐 걸어왔음을
이 길 위에서 다시 배운다.

푹푹 빠지지 않고
눈길을 걸어올 수 있었던 건
앞서 걸어간 누군가가
남겨 준 흔적 덕분이었다.

오늘,
우리가 내딛는 첫걸음이
행복과 기쁨을 찾는 길이라면
망설임이 남아 있어도
먼저 걷는 사람이 되기로 한다.

누군가가

조금 덜 두려운 마음으로

이 길을 걸어올 수 있도록

발자국 하나를 남기고 간다.

작은 첫걸음이 큰 다짐을 품을 때

갈 곳으로, 첫걸음

아버지가 돌아가셨다는 연락을 받았다. 몇 달 전부터 선득한 피 맛이 느껴지는 꿈들을 꾸었더랬다. 문득 고개를 들어 북쪽 하늘을 올려다보면 누군가의 부름이 들리는 듯도 하였다.

장례식은 초라하기 그지없었고, 아버지와 절연하고 산 지 이십 년이 넘은 마지막 남은 자식은 일가친척들에겐 죄인이었다. 죄인인 딸년은 장례식장 입구에서부터 울었다. 아버지의 죽음이 서럽고 아파서가 아니라, 왜 우는지 자신도 몰랐을 것이다. 영정 사진을 마주하고 물 안 모금 안 넘기고 화장터까지 울었던 것은 그 삶이 서러워서였다는 것을 그때는 몰랐다. 아버지가 남긴 빚과 연체 요금들을 정리하니 생각보다 빚이 적다는 것에 안도한 사실이 그나마 아버지의 마지막 애정이려니 했다.

황순원의 소나기에 그런 구절이 있다. '무어 그리 안타까울 것도, 서러울 것도 없었다.'라는. 장례를 치르고 몇 달이 지나는 동안 그랬다. 하루는 여전히 고단했고 아랫배는 무거웠고 나갈 돈은 많았다. 무어 그리 안타까울 것도 서러울 것도 없는, 누구나 겪는 삶의 한고비겠거니 치부했다. 다만, 그저 다만, 우울했을 뿐이다. 회색으로 된 하루가 얼룩덜룩한 몇 달을 채웠다. 평범하고 우울한 일상은 반복되었다.

폐공장을 개조한 회색톤 카페에서 회색 시멘트로 만든 의자에 앉아 낚싯줄에 달려 빙그르르 돌아가는 흰 꽃송이를 바라보고 있었다. 달큼한 라테 한잔으로 체온을 올리며 잡다한 소음 속 나 역시 다른 이들에게 배경일 뿐인 그 시간에, 문득 깨달았다. 시간이 얼마 없다는 것을.

반백 살을 바라보며 여기저기 몸이 아파 와 이젠 병원을 자주 가야 하는 나이라는 것을 깨달았다. 마음은 여전히 철딱서니 없는 그대로인 것 같은데 희끗한 흰머리와 장성한 아이들이 나이를 잊지 말라 상기시켰다.

앞으로 크리스마스를 스무 번은 더 보낼 수 있을까? 아이들과 새해 떡국을 열 번은 더 먹을 수 있을까? 아

작은 첫걸음이 큰 다짐을 품을 때

이 생일 당일에 미역국을 일곱 번은 더 끓여 먹일 수 있을까?

 버킷리스트를 적어 봤다. 하고 싶은 일들, 살면서 우선순위에서 밀려 아주 순위권 밖이 되어 잊어버린 것들을 열심히 생각하고 뒤적여 봤다. 내 버킷리스트는 7가지밖에 되지 않았다. 오십 인생을 어찌 이리 욕심 없이 살았을까. 하고 싶은 것들이 이리 없나. 삶의 미련이 없는 건가.

 그중에 하나, 글쓰기. 내 이름으로 출판된 책 한 권.

 그 폐공장 카페에서 젊은 연인들을 보며 결혼과 출산, 인구 절벽에 대한 국가의 통제를 연상했고 이야기틀을 잡아갔다. 그깟 글쓰기야, 시간만 있으면 해내리라는 근본 없는 자신감은 어디서 나왔던 건지, 식탁 의자에 앉아 그렇게 문장들을 만들어 냈다. 식탁 의자에서 만들어 낸 문장들을 읽고 또 읽으며, 이 정도 분량의 글을 써낸다는 것에 고양되었다.

 지인들에게 파일을 보내 읽어봐 달라고 했다. 특정된 주인공이 없어서 서사가 재미없다는 쓴소리가 많았고, 이해가 안 간다는 혹평을 던지기도 했다. 그중 한 친구가 현실적인 조언을 해주었고 그 친구의 응원으

로 글은 완성되었다.

객관적인 성찰을 해보면, 완성된 글은 서사구조가 빈약하고, 묘사는 빈곤하며 진술과 설명이 대부분이었다. 이 거친 글 속 문장들은 어디에 내놔도 부끄러웠다. 그러나 그보다, 한 편의 글을 완성 시켰다는 만족감과 서사구조를 갖춘 이야기를 만들어 냈다는 자부심이 더 컸다. 한 편의 글을 완성하고 나니 그다음 단계에 대한 욕심이 생겼다.

내 이름으로 된 책 한 권, 갖고 싶었다. 이십 년 넘게 품고 있던 필명, '갈곳'이 저자로 등록된 책 한 권이 이렇게 세상에 나왔다.

이후로도 나는 글쓰기를 짬짬이 하고 있다. 왜 글쓰기를 하냐는 질문에 처음에는 어떤 답도 하지 못했다. 어릴 적 잊어버린 꿈 같은 건가 싶기도 하고, 생의 유언 같은 건가 싶기도 했다. 그런데 대여섯 편의 단편을 쓰고 보니 왜 글을 쓰는지 이제는 답할 수 있다. 나는 내 삶을 기록하고 싶다. 내가 살았던 삶에서 이런 감정을 느꼈노라, 이런 생각을 했었노라는 것을 에둘러 다른 이의 입을 통해 말하고 있다. 글이란 것이 원래 후대에 정보를 전하기 위해 만들어진 것이니, 그 많은 의미 중

작은 첫걸음이 큰 다짐을 품을 때

에 한 줄 보태고 싶은 것이라 대답하련다.

늦가을에 신춘문예를 준비하며 단편 하나를 오래오래 들여다봤었다. 반백의 나이에 신춘문예라니. 이것 또한 선 넘은 욕심인가 싶다가도, 오수까지는 해보자 싶어 글은 완성했다. 우체국에서 <신춘문예 단편소설 응모작>이라 써 내려간 봉투를 서너 번 쓰다듬었더랬다. 꿈 같은 일이었다.

글을 쓴다고 주위에 알렸을 때는 모두 잘하였다는 말들을 해주었다. 지금도 늦지 않았다고. 지금부터라도 시작하면 된다고.

지금 이렇게 글을 쓰면서도 나는 안다. 내 문장들이 젊은 작가들의 문장들과는 다르다는 것을. 그들의 참신함과 독창성을 뒤쫓기에는 내 문장들이 너무 늙었다는 것을. 글을 쓰겠다는 결심을 하고 신춘문예를 준비하기까지 2년이란 시간이 걸렸다. 이야기 한 편 완성한 것으로 됐다는 소박함과 내가 가진 문장들이 보잘것없다는 열등감이 글쓰기를 망설이게 했다.

어디든 첫걸음은, 잃을 것 없다며 거침없이 딛던 젊은 날의 패기는 어디로 가고, 비겁하게 주춤거리는 망설임만 남게 된 것인지. 나이가 든다는 것은 몸과 마

음이 무거워진다는 것이라는 말을 실감하게 되었다. 이 글을 쓰는 지금도 나는 망설이고 있다. 이 글을 투고할 것인지 아니면 폴더 안에 가둬둘 것인지. 어디에 내놔도 부끄러운 내 글쓰기를 누군가와 공유하길 바라는 욕심이 더 큰 것은 나이에서 오는 뻔뻔함이라 치부하련다.

 한 발짝 툭, 딛는 것에 거침없던 그때보다 한 발 딛기가 조심스러워지고, 이게 맞는 건지 툭툭 발끝으로 디뎌 보는 나이 듦이 문득 서러워진다. 서러움과 부끄러움과 열등감으로 내디딘 이 발자국이 어디로 갈지 아직은 나도 모르겠다. 다만, 시작하였으니 그만두지 않으려 한다. 가장 어려운 첫걸음을 내디뎠으니, 어디로든 목적지에 도착하겠지. 내 필명이 그러하니까.

작은 첫걸음이 큰 다짐을 품을 때

나의 첫걸음

불이 꺼진 방 안에서
하루의 끝을 접어두고
말하지 못한 마음은
구두 끝에 매달려 있어
익숙한 침묵이 오늘은 유난히 무거워
아무 일 없던 것처럼 숨을 고른다

뒤로 가는 법만 배운 나에게
앞을 보라는 건 잔인한 부탁 같았지만
누군가를 향한 마음이
두려움보다 커질 때 비로소 움직였어

이 한 걸음이 날 설명한다면
망설임으로 채운 솔직함일 거야

사랑인지 확신 없어도 도망치진 않겠다고
이 선택이 나의 첫걸음
조용히, 그러나 분명히 걸어가려 해

지나온 시간 위에 쉽게 쌓인 후회들
그 사이에 서서 나는 이유만 찾았지
완벽하지 않아도 괜찮단 늦은 깨달음이
발끝을 밀어 나를 앞으로 데려가

틀렸다고 말해도 제자리에 머무는 것보다
나을 것 같아, 다시 혼자가 된다 해도
아무도 보지 않아도 이 시작만은
내가 기억할 거야, 오늘의 첫걸음

이 한 걸음이 날 설명한다면
망설임으로 가득한 진심일 테니까
멀어져도 괜찮아, 돌아와도 괜찮아
오늘은 가보려 해, 나의 첫걸음

작은 첫걸음이 큰 다짐을 품을 때

첫걸음의 한마디

하나하나 첫걸음 소리에,
사각사각 갈리는 눈 속의 얼음

차가운 눈에도 너의 눈은 애처롭다나?
사랑이라 말하며 오늘도 얼버무려.

그럴 줄 알았어.

한마디, 한마디 내뱉는 입속은
언제나 차가운 겨울 같아.

네 품속의 사랑은 무슨 사랑일까?

첫걸음_청산도

첫걸음 — 청산도(靑山島)

세상의 속도가 버거워 잠시 멈춰 선 날
굽이굽이 슬로길이 마중 나온 이곳에 섰어요

서두르지 않아도 길은 끊기지 않고
바다는 늘 같은 자리에서 푸른 확신을 주는 곳.

척박한 바위틈을 일구어낸 구들장 논의 끈기가
주저하는 발등 위로 따뜻한 기운을 보태요.

한 뼘의 기름진 땅을 얻기 위해
시간을 견뎌온 섬은
이제 막 첫발을 뗀 망설임을 기꺼이 안아주지요.

작은 첫걸음이 큰 다짐을 품을 때

섬의 돌담이 낮은 이유를 비로소 알겠어요.
바람을 막아 세우는 것이 아니라
바람의 결을 따라 함께 걷는 법을 배우기 위함임을

시작 또한 그처럼 유연하고 단단하기를 바란다는 것
을요.

담장 너머 일렁이는 유채꽃의 노란 응원과
청보리밭을 스쳐 온 싱그러운 위로를 이정표 삼아
가장 나다운 보폭으로 오늘을 내디뎌보아요

이제 막 떼어놓은 그 서툰 걸음이
세상에서 가장 아름다운 당신만의 지도가 될 거예요.

첫걸음

그 처음은 누워 있어도 됐고
그다음은 스스로 앉아야 했고
그 나중은 붙잡고 일어서야 했다.

이름을 부르며 두 손 내밀면
멈춰있던 두발은 움찔거린다.
눈앞에 보이는 내 세상에서
넘어져도 된다는 어깨에 기대
내딛는 찰나가 첫걸음 되고

두려운 마음은 어디를 못 가
두근대는 가슴을 들켜버렸다.
그 시작이 나의 반이 되었고
그 처음이 나의 여행되었다.

작은 첫걸음이 큰 다짐을 품을 때

모든 걸 덮을 만큼 무섭다가도
희망이란 시간에 행복을 두면
내딛는 마음이 한걸음 되고
내딛는 생각은 발자국 된다.

그 처음이 가장 어렵고
그 나중이 가장 무겁고.
그 걸음이 가장 두렵다.

그래도 가야 하는 내 길이고
그렇게 걸어가는 내 삶이고
그럼에도 내딛는 내 첫걸음이다.

마음다짐

소망을 두고
내려오는 빛도 따뜻해
또다시 나는 마음 품는다.

펼쳐진 파란 하늘에는
떠 있는 구름마다 다짐을 얹고
가까이 흘러내릴 때마다
웃음으로 나는 기억도 한다.

멈추지 않는 다짐 안에서
닿을 수 있는 행복을 보고
매일 있을 생각의 교차에서도
마음을 번갈아 꺼내어 든다.

작은 첫걸음이 큰 다짐을 품을 때

반복하는 외면이 일상이어도
놓지 않는 햇살은 꿈이 되기를
바랐던 마음이 생각이 되고
펼쳐진 다짐은 다시 웃는다.

사라지지 않는 희망이란 꽃으로
식지 않는 마음이 걸음이 되어

서 있지 않는 삶의 이유로
나는 또 그다음을 옮겨 가본다.

첫걸음

새로운 첫걸음

새로운 마음으로
첫걸음이 시작된다

25년도에 있던 일들을
모두 잊고 26년도에 새로운
걸음으로 걸어간다

걸음 걸음마다 힘들고 하겠지만
그만큼 첫걸음은 가벼운 걸음일 것이다

작은 첫걸음이 큰 다짐을 품을 때

첫걸음, 오래 미뤄두었던
문을 다시 여는 마음으로

첫걸음은 언제나 조용한 순간에 시작되곤 한다. 누구에게도 들키지 않게 마음 깊숙한 곳에서 작은 기척이 일어나고, 그 기척이 어느 날 문득 현실의 발걸음으로 번져가는 일. 고등학교를 자퇴하던 날도 그랬다. 교실 창문으로 들어오던 햇빛은 봄날 같았지만, 정작 내 마음은 겨울의 한복판처럼 얼어 있었다. 같은 교복을 입고 나란히 앉아 있어도 나는 그들과 전혀 다른 계절을 살고 있었고, 더 이상 그 자리에 머무를 이유도, 머물 힘도 없었다. 그렇게 나는 책상에 남아 있던 내 이름을 천천히 지워두듯 학교를 떠났다. 어느 누구의 손에도 잡히지 않게, 스스로 자신을 지키겠다는 이유로 도망치듯 나온 선택이었다.

사람들은 자퇴를 하면 시원할 줄 안다고 말하지만,

나에게 시원함은 없었다. 오히려 무거운 돌을 한 아름 품고 나온 것처럼 숨이 점점 짧아졌다. 집으로 돌아오는 버스 안에서 나는 창밖의 풍경을 보며 이런 생각을 했다. '아, 이제 나는 한 번도 가본 적 없는 길에서 새로 길을 만들어야 하는구나.' 그러나 그 길은 예상보다 훨씬 더 막막했고, 눈앞에 펼쳐진 것은 자유가 아니라 공백에 가까웠다. 어른도 아이도 아닌 상태로 떠도는 마음, 무엇에도 붙잡히지 않는 나 자신, 그리고 무엇보다도 '나는 아무것도 이룬 것이 없다'는 느낌이 나를 더 깊은 어둠으로 끌고 갔다.

그럼에도 이상하게, 마음 한구석에는 오래된 약속이 작은 불씨처럼 남아 있었다. 엄마는 기억할지 모르겠는 그 약속이었다. 어린 시절의 나는 언젠가 훌륭한 어른이 되어 엄마를 기쁘게 하겠다고, 나만의 길을 찾겠다고 말하곤 했다. 그러나 세월이 흐르고, 마음이 여러 번 부서지고, 나는 그 약속을 더 이상 지킬 수 있을 것 같지 않았다. 하지만 희미해진 그 약속은 사라지지 않은 채, 마치 얼음 밑에서 천천히 흐르는 물처럼 내 안 어딘가에서 조용히 움직이고 있었다. 돌이켜

작은 첫걸음이 큰 다짐을 품을 때

보면 그 약속은 엄마에게 한 말이 아니라, 내가 나에게 남겨둔 첫 다짐이었는지도 모른다.

시간은 흘렀고, 나는 잠시 멈추어 살아가는 법을 배웠다. 누군가는 멈춤을 실패라고 말하겠지만, 나에게는 멈춤이 살아남기 위한 한 방식이었다. 그러나 멈춘 채로 오래 살 수는 없었다. 세상은 계속 움직였고, 나는 어느 순간 벽 끝에 닿아 더 이상 숨을 틀 공간조차 남아 있지 않다는 사실을 깨달았다. '여기서 더 도망칠 곳은 없구나.' 그렇게 인정하는 데에는 생각보다 더 큰 용기가 필요했다. 그리고 그 용기로 문 하나 가 천천히 열렸다. 다시 공부해야 한다는 마음, 나 자신을 다시 세워야 한다는 결심, 그리고 멈춰 있던 시간에 이름을 붙이는 일. 그때부터 나는 다시 펜을 들기 시작했다. 오래전에는 쓰는 일이 취미였지만 그 시절에는 생존이었다. 문장을 적어두지 않으면 마음이 무너져버릴 것 같았기 때문이다.

그러다 어느 날, 아이가 내 품에 안기던 순간이 찾아왔다. 그 작은 눈동자가 나를 가만히 들여다보는데,

첫걸음

나는 더 이상 숨을 데가 없다는 것을 물 한 컵처럼 깨끗하게 이해할 수 있었다. 아이는 아무 말도 하지 않았지만, 그 눈동자 안에서 나는 오래된 약속의 잔향을 들었다. 나는 더 이상 도망치는 어른이고 싶지 않았다. 아이가 나를 바라보는 시선 속에 내가 다시 살아야 할 이유가 고요하게 새겨져 있었다. 그 순간 나는 처음으로 진짜 어른이 되어야겠다고 느꼈다. 그리고 그 감정은 내가 오랫동안 미루어두었던 길 위로 나를 조용히 올려놓았다.

나는 검정고시 원서를 천천히 작성했다. 스무 살을 넘긴 나이가 결코 늦은 것은 아니었지만, 한참 늦었다고만 생각하던 그 시절의 나는 원서를 제출하는 일조차 손이 떨릴 만큼 긴장되는 일이었다. 그러나 이상하게도 마음 한편에서는 아주 깊은 평온함이 스며들고 있었다. '이제야 내 자리로 돌아가는구나'라는 묘한 안도감이었다. 내가 놓아버렸던 시간을 다시 주워 담듯이, 나는 하나하나 준비를 시작했다. 문제집의 첫 페이지를 펼치는 순간에도, 연필 끝을 깎는 순간에도, 나는 마치 나 자신을 다시 일으켜 세우는 기분이 들

작은 첫걸음이 큰 다짐을 품을 때

었다.

검정고시 시험 날 아침, 바람은 유난히 서늘했다. 시험장으로 향하는 버스 창문에 이마를 대니 숨결이 얇게 맺혔다 사라졌다. 햇빛이 건물의 벽을 천천히 타고 올라가고 있었고, 그 모습이 마치 오랫동안 기다려온 하루가 드디어 나에게 도착한 것처럼 느껴졌다. 시험장 입구 앞에서 나는 발걸음을 떼지 못한 채 몇 초간 그대로 서 있었다. 많은 사람들이 각자의 사연을 품고 그날을 받아들이고 있었지만, 그 틈에서 나는 유난히 더 조용했다. 내 안의 공기조차 작은 숨소리를 들키는 것을 두려워하는 사람처럼.

시험지를 펼치는 순간, 종이 위에 맺힌 흰 공간이 나를 바라보고 있었다. 아주 오랜 시간 동안 기다렸다는 듯. 나는 천천히 펜을 쥐었다. 손끝은 조금 떨렸지만, 마음은 떨리지 않았다. 문제를 하나씩 풀어 내려갈수록 내 안의 오래된 그림자들이 조금씩 사라지는 듯한 기분이 들었다. '나는 도망만 다니던 사람이 아니었구나.' 그렇게 스스로 인정하는 시간이기도 했다. 틀린

첫걸음

문제보다 무서웠던 것은 과거였고, 어려운 문제보다
벅찼던 것은 자기 자신과 마주하는 일이었다. 그러나
나는 그 자리에 앉아 있었다. 도망치지 않고.

　점심시간이 되어 건물 밖으로 나왔을 때, 햇빛이 내
어깨를 조용히 감싸고 있었다. 그 따뜻함 속에서 나는
잠시 멈춰 숨을 골랐다. 오늘 나는 확실히 어제와 다
른 사람이 되어 있었다. 아주 조금, 그러나 확실히. 아
이의 눈동자 속에서 시작된 결심은 그제야 날개를 얻
은 듯 날아올랐다. '나는 더 이상 숨어 살지 않을 것이
다.' 그렇게 말하는 마음은 더 이상 약하지도 흔들리
지도 않았다.

　오후 시험까지 마치고 건물을 나설 때, 바람이 내 옆
을 스치며 지나갔다. 그 바람 속에는 오래전의 나를
떠나보내는 기척이 섞여 있었다. 무너졌던 날들, 두려
워 도망치던 발걸음들, 어둠 속에서 떨던 마음들. 그
러나 그 모든 것들은 더 이상 나를 붙잡지 못했다. 나
는 그날 알았다. 이 길이 비록 느리고 조심스러울지라
도, 나는 끝내 나를 데리고 걸어갈 수 있는 사람이라

작은 첫걸음이 큰 다짐을 품을 때

는 것을.

  첫걸음은 그날 시험장을 향하는 발걸음에서 시작된 것이 아니었다. 마음속에서 조용히 살아남아 있던 작은 약속을 다시 꺼내 드는 용기, 아이가 건네준 눈빛에서 나의 미래를 발견하는 순간들, 도망칠 곳 없는 벽 앞에서 비로소 앞으로 나아가야 한다는 결심. 그 모든 것들이 서로 얽혀 나를 다시 일으켜 세웠다. 그리고 나는 깨달았다. 첫걸음은 언제나 한순간이 아니라 여러 순간들이 겹쳐 만들어진다는 것을.

  그날 이후 나는 앞으로 나아가는 일을 두려워하지 않게 되었다. 여전히 느린 날도 있고, 멈춰 서는 날도 있지만, 나는 알고 있다. 내가 이미 첫걸음을 내디뎠다는 사실을. 누구에게도 증명할 필요 없는 나만의 걸음, 나를 지키기 위해, 아이의 눈을 마주하기 위해, 그리고 오래 미뤄두었던 나 자신과의 약속을 지키기 위해 내디딘 걸음.

  그리고 그 첫걸음은 지금도 계속된다.

천천히, 그러나 분명하게.

어디로 가는지 몰라도, 더 이상 도망치지 않는 마음으로.

내가 나를 데리고 걸어가는 이 길 위에서, 나는 다시 한번 새로워지고 있었다.

작은 첫걸음이 큰 다짐을 품을 때

2. 김혜지

첫걸음, 아직 이름도 없는 새벽을 건너며

이혼 후의 첫날, 새벽빛은 유난히 희미했다. 오래된 집의 흰 커튼은 바람이 스치는 대로 천천히 흔들렸고, 어둠과 밝음 사이의 경계는 종이 한 장처럼 얇아 보였다. 방 안에는 사람 대신 빈 공기가 남아 있었다. 살며시 숨을 들이켜는 것만으로도 새로운 계절의 문턱에 선 듯한 낯섦이 밀려왔다. 아무것도 시작되지 않은 아침, 그러나 무엇이든 시작될 수 있는 아침. 나는 그 사이에서 잠시 멈춰 서 있었다. 문 하나 가 닫혀버린 뒤의 적막은 예상보다 더 조용했고, 그 조용함은 오히려 나를 바닥까지 내려가게 만드는 깊은 물 같았다. 나는 오래 내려간 그 바닥에서야 비로소 첫 숨을 들이켰다.

이혼은 어떤 날엔 마치 겨울이 돌아오지 않아도 되는 해방처럼 보였고, 또 어떤 날엔 무엇도 자라지 않

는 황무지로만 느껴졌다. 그 두 가지 사이를 흔들리며 나는 내가 누구였는지 잊어버릴 때가 많았다. 그러나 첫날의 새벽을 마주한 순간, 나는 어딘가에서 천천히 방향을 가리키는 나침반 하나 가 다시 움직이고 있음을 느꼈다. 오래 멈춰 있던 바늘이 아주 미세하게 떨리며 새로운 곳을 향하고 있었다. 그 떨림이 무엇인지 알기 위해서는 앞으로 한참 더 걸어야 하겠지만, 적어도 그날 나는 알아차렸다. 나의 인생은 한 번 무너졌으나, 그 무너짐 속에서도 완전히 멸해버린 것은 아니었다는 사실을.

내게 홀로서기란, 벽을 등지고 서서 다시 두 발로 서는 일보다 더 복잡한 과정이었다. 세상과 다시 마주해야 하고, 나 자신과도 새롭게 인사를 나눠야 했다. 오랫동안 두려워 외면해 왔던 자기 얼굴을 아침 거울에서 마주하는 일처럼. 첫날의 나는 거울 속의 나를 보며 낯설었다. 웃는 것도, 울지 않는 것도 어색한 얼굴. 그러나 그 얼굴 속에 숨은 조용한 빛 하나를 찾으려 노력했다. 어떤 상처도 꺼트리지 못한, 아주 연하지만 꿋꿋하게 살아 있는 빛. 그것이 바로 내가 버텨온 이

작은 첫걸음이 큰 다짐을 품을 때

유였고, 앞으로 버틸 수 있게 해줄 유일한 힘이었다.

　그러나 무엇보다도, 나는 그날부터 글을 써야만 했다. 쓰지 않으면 가라앉을 것만 같았다. 말로는 설명이 되지 않는 감정들이 밤마다 밀물처럼 밀려왔고, 그 감정들은 말의 형태로는 견딜 수 없을 만큼 무거웠다. 그래서 나는 글로 옮기기 시작했다. 종이는 나의 가장 약한 마음을 대신 지탱해 줄 수 있는 유일한 공간이었다. 종이 위에 적힌 문장들은 나의 체온을 그대로 품었고, 아무도 들어주지 않던 내 이야기를 묵묵히 받아주었다. 쓰는 동안 나는 조금도 외롭지 않았다. 오히려 글의 세계 속에서는 내가 살아 있다는 것이 명확하게 느껴졌다. 애써 숨기지 않아도 되는 나의 감정들이 제 이름을 찾아 나에게 돌아오는 시간이었다.

　글쓰기는 이혼 후의 첫날부터 매일 밤 나를 구해주는 조용한 부교(浮橋)였다. 말로 지날 수 없는 강을 글은 가볍게 건너게 해주었다. 발이 닿지 않는 곳에서도 글로 만든 나무판 하나 가 내 마음을 떠받쳐주었다. 덕분에 나는 흩어지지 않았고, 물살에 휩쓸리지도

않았다. 사람들은 글이 위로가 된다고 말하지만, 나에게는 위로를 넘어 생존이었다. 글을 쓰는 동안의 나는 망가지지 않았고, 무너지지 않았고, 다시 일어나는 중이었다. 글은 나를 지켜주는 등대처럼 밤마다 어두운 곳에서 깜박이더니 결국 나를 길 위로 돌아오게 했다.

이혼 후의 첫날을 떠올리면 떠오르는 이미지는 언제나 비슷하다. 마치 얼음 밑에서 천천히 흐르는 물처럼, 아무도 볼 수 없지만 분명히 움직이고 있는 흐름. 표면은 정지한 것처럼 보이나 깊은 곳에서는 다음 계절을 준비하는 생명의 기척이 스며 있다. 나는 그날 깨달았다. 상처가 있다고 삶이 얼어붙는 것은 아니라는 것을. 얼음 아래에는 여전히 흐르는 물이 있었고, 나는 그 물에 나를 맡기듯 글을 썼다. 단단하게 얼어붙은 표면 속에서도 생이 계속되고 있다는 사실은 예상외로 큰 위안이었다.

첫날의 길을 걷는 동안, 나는 몇 번이나 발걸음을 멈췄다. 어디로 가야 하는지 알지 못했고, 누군가 알려줄 사람도 없었다. 그러나 멈춰 선 자리에도 작은 기

작은 첫걸음이 큰 다짐을 품을 때

척이 있었다. 낙엽을 스치던 바람, 거리의 먼 불빛, 새벽을 밀어 올리던 얇은 하늘. 그것들은 모두 나에게 말했다. "너는 아직 끝나지 않았다"라고. 나는 그 말을 믿고 싶었다. 그리고 다시 걸음을 내디뎠다. 아주 느리고 조심스럽게, 그러나 분명히 앞으로.

홀로 걷는 길은 종종 불안했다. 하지만 이상하게도, 두려움만큼이나 새로움이 있었다. 낯섦 속에 조금의 설렘이, 공허 속에 아주 작은 자유가 들어 있었다. 나는 그 감정의 조각들을 글로 붙잡아두었다. 종이 위에 올려두지 않으면 금방 흩어질 것 같아서였다. 글로 붙잡힌 감정들은 어느 순간 내 편이 되었고, 나를 앞으로 데리고 가는 힘이 되었다.

사람들은 회복이란 시간이 해결해 준다고 말하지만, 나는 알고 있다. 시간만으로는 부족했다. 나는 써야 했다. 문장으로 나를 붙들어야만 했다. 쓰는 동안 나는 강을 거슬러 올라가는 물살처럼 역동적이었고, 쓰고 나면 다시 고요해졌다. 그 반복 속에서 나는 점점 더 단단해졌다. 어느 날 문득 깨달았다. 나는 더 이상

이혼한 사람으로만 남아 있지 않다는 것을. 나는 다시 '나'로 돌아오고 있었다.

새벽이 완전히 밝아 올 무렵, 창문 가장자리에 반사된 햇빛이 내 손등에 닿았다. 아주 작은 따뜻함, 그러나 나를 다시 걸어가게 하는 충분한 온기였다. 나는 그 빛에 손을 잠시 대고 눈을 감았다. 그리고 천천히, 아주 천천히 숨을 내쉬었다. 숨 한 번이 길이 되고, 길 한 번이 삶이 된다면, 나의 삶은 이제 막 다시 쓰이기 시작한 셈이었다.

이혼 후의 첫날은 여전히 쓸쓸했고, 여전히 아팠고, 여전히 조용했다. 그러나 그 조용함 속에 나는 분명히 움직이고 있었다. 얼음 아래에서 물이 흐르듯이, 어둠 속에서 약한 빛이 숨 쉬듯이. 아무도 모르게, 나조차도 완전히 이해하지 못한 채, 그러나 분명히 앞으로 가고 있었다. 그리고 그 길 위에서 나는 생각했다.
"비록 이 길이 처음이라도, 나는 나를 데리고 끝까지 걸어보겠다"라고.

작은 첫걸음이 큰 다짐을 품을 때

　그날 이후 나는 매일 조금씩, 그러나 분명히 나를 되
찾아가고 있다.
　누가 대신 걸어줄 수 없는 길을
　나는 지금도 천천히 걷고 있다.

한 걸음만

저 멀리 보이는 너에게
한 걸음만 다가가 볼까

그러다 조금이라도 가까워지면
꼭 붙어있고 싶은 내 맘 들킬까
다시 한 발짝 뒤로

다시 용기 내어 다가갔을 땐
가까워지는 나를 아는지
너도 한 발짝 앞으로

며칠째 가만히 있다가
열흘 모아 열 걸음 가보네

작은 첫걸음이 큰 다짐을 품을 때

처음보다 절반은 가까워진 것 같은데
역시나 이쪽을 쳐다보지도 않는 너

답답한 마음에 너의 이름 소리치니
그제야 나를 바라보면서
나에게로 한 걸음 한 걸음

어느새 코앞으로 다가온 너 때문에
쑥스러워 뒤로 한 걸음 주춤하면
너는 다시 내 쪽으로 한 걸음

나는 아직 첫걸음을 떼지 않았다

나의 인생의 첫걸음은 어디였을까.

태어나 처음 발을 내디딘 순간일까.
아니면 태어나자마자 울음을 터뜨린 그 순간일까.
아니면,
이미 많은 시간을 통과한 지금일까.

혹은,
나의 은인을 처음 만난 날이었을까.
그의 말 한마디가
내 삶의 방향을 바꾸어 놓았던 순간.
깨달음을 얻었다고,
비로소 이해했다고 생각했던 그때.

이 모든 것은 나의 자취다.
내가 살아온 시간이고,
되돌릴 수 없는 발걸음들이다.

그러나 묻게 된다.

이 많은 걸음들 중,
무엇을 '시작'이라 부를 수 있을까.

삶은 계속 이어져 왔는데,
왜 나는 단 한 번도
지금 시작되었다고 말하지 못했을까.

……

오랫동안 걸어왔지만,
나는 아직
첫걸음을 떼지 않았다고 느낀다.
그 사실이
이제는 두렵지 않다.

그 사실에 오히려
다행이라 생각한다.

내가 첫걸음이라고 선택하는 것.
언제든, 어디서든, 무엇이든 될 수 있는 것.

시작이 나를 지나쳐갈지라도,
나는 더 이상
첫걸음을 재촉하지 않기로 했다.

지금의 나는
걷는 사람이라기보다,
기다리는 사람에 가깝다.

나의 첫걸음은
비로소 살아 있음을 허락하는 걸음이 될 것이다.

작은 첫걸음이 큰 다짐을 품을 때

첫걸음

아침이 왔어요
364일 동안의
아침과는 달라요

새해 첫날,
아침이니까요

붉게 떠오른 해님에게
내 꿈을 소리쳐 보아요
소원도 속삭여 보아요
그 위에 희망을 살포시 포개어요

산들바람에도
흔들리는 꽃이 있음을

이제는 알아요

삐뚠 걸음이어도
한 발 내디뎌요

새해 아침,
서툰 첫걸음을
힘차게 내디뎌 봐요.

작은 첫걸음이 큰 다짐을 품을 때

한 걸음, 한 발짝

사진첩을 정리하다가 머리숱이 거의 없는,
남자인지 여자인지 모를 어린 아기 사진을 보았다.

볼이 살짝 패인 보조개, 앙증맞은 입술,
토실토실한 볼에 눌린 작은 눈, 균형을 맞추려
애쓰는 짧은 팔다리가 귀여운 아기의 모습.

그 아기는 십수 년이 지난 어린 시절의 나였다.

내가 첫걸음마를 시작할 때 무렵, 바로 그 순간을 포
착한 사진이었다. 아빠는 사진기를 들고 계셨고 엄마
가 옆에서 "아가야~" 하며 부르는 소리에 미소 지으
면서 아장아장 한 걸음씩 걸어왔다고 했다.

기억조차 나지 않는 나의 첫걸음이 사진으로 남겨진 것을 보니 마음이 뭉클하면서도 묘했다.

부모님은 그 순간이 너무나 행복했다고 회상하셨다. 아직 부모가 되어보지 못한 나는 느껴보지 못한 기쁨의 영역이지만,

저 조그마한 생명체가 세상을 향한 첫 발걸음을 떼었을 때, 마치 인류가 달에 처음 착륙하여 발자국을 남긴 것과 같은 감동과 여운이 함께하지 않았을까.

엄마, 아빠의 우주에 작지만 커다란 발자국을 남긴 아기는 어느새 나이가 들어 새로운 시작 앞에 서 있다.

첫걸음을 떼던 그날처럼 나는 여전히 불안하고 서툴다. 넘어질까 두려워 한참을 망설이다가, 괜히 숨을 고르고, 마음속으로 몇 번이나 연습한다.

하지만 어린 시절의 나는 두려움을 알지 못해서가 아니라, 잡아줄 손과 믿어주는 눈빛이 있었기에 한 발,

작은 첫걸음이 큰 다짐을 품을 때

한 발 내디딜 수 있었을 것이다.

이제는 그 손을 놓고 스스로 서야 할 나이가 되었다.
두렵고, 불안하지만 나 자신을 믿어보려 한다.
오늘도 나는 또 다른 세상을 향해 조심스럽게 한 걸
음, 한 발짝 나아간다.

첫걸음

조금은 서툴지만

첫 단추를 잘못 끼우면 옷매무새가 어색해지고,
첫 회사를 잘 못 들어가면 인생의 방향이 예상과 다르게 흘러가기도 한다.

사람들은 흔히 '처음'이 모든 것을 결정한다고 말한다. 그래서 시작 앞에서 특히 신중해지고, 자꾸 뒤를 돌아보게 된다.

하지만 살아보니 모든 첫 선택이 정확할 수는 없다. 충분히 고민했음에도 틀리기도 하고, 아무 생각 없이 내린 결정이 의외로 나를 버티게 해주기도 한다.

어쩌면 중요한 것은 첫 단추를 완벽하게 끼우는 일이 아니라, 어색해진 옷매무새를 끝까지 입고 하루를 살

작은 첫걸음이 큰 다짐을 품을 때

아내는 일인지도 모른다.

조금은 서툴게 시작했더라도 그 안에서 나만의 속도
를 찾는 것, 실수한 방향에서도 나름의 의미를 건져
올리는 것.

그렇게 인생은 완벽한 첫걸음이 아니라 수없이 고쳐
입은 하루들로 조금씩 앞으로 나아가는 것이 아닐까.

그냥 하면 된다

낯선 곳에 발을 디딘다는 것은
무척 두렵고 겁이 나는 일이다.

누구나
누구든
누구도

다 똑같지는 않겠지만,
대부분 그 시작은
'자신감'과 '용기'라는
재료가 필요하기 때문에.

그러나, 그 시작에서
많은 응원들과 많은 고민들과 긍정들이 모여서

작은 첫걸음이 큰 다짐을 품을 때

도움닫기로 점프 뛰어 장애물들을 넘게 해 주기에
나는 할 수 있다.
첫걸음

첫걸음의 모든 시작들에게 말하고 싶다.
'그냥 하면 된다!'
'시작의 첫걸음은 칭찬할 일'이라고도 말하고 싶다!

처음의 걸음

처음 발을 내딛는 그 순간이

너무나 무서웠기 때문에

오랜 시간 동안 그 자리에서

움직이지 않고 머물러만 있었다

언젠가 결국 일어나

출발해야만 한다는 것을

알고 있었음에도 선뜻

걸음이 떨어지지 않은 이유는

망설임과 두려움 때문이었을까

낯설고 불안하지만

모든 것들을 이겨내고

앞으로 나아가기 위해서

작은 첫걸음이 큰 다짐을 품을 때

가슴속 용기를 꺼내
떨리는 첫걸음으로
시작해 보려고 한다.

긴 여정의 끝

존재하는 모든 것에
시작과 끝이 있다는 걸
잘 알고 있었기에
무언가를 시작하더라도
처음 걸음을 걷는 순간부터
그 끝을 먼저 생각했다

변하지 않을 거라는 믿음이
긴 여정 속에서도
버틸 수 있게 해주었지만
그 끝에 도착했을 때조차도
그대로 있을 수 있을지는
장담할 수 없었다

하지만 지금은

아무리 멀리 돌아간다고 해도

결국엔 내가 도달해야 할 곳에

닿을 수 있을 거라고 믿는다.

망설임

첫걸음은
늘 앞으로 내딛는 거라 배웠다.

그래서 나는
아무도 눈치채지 못하게
가장 조심스러운 방향을 골랐다.

뒤돌아보지 않기 위해
신발 끈을 단단히 묶고
흔들리던 마음을
발끝에 모았다.

사랑은
붙잡는 손이라고 믿었는데

작은 첫걸음이 큰 다짐을 품을 때

어느 순간부터
놓아주는 연습이 되어 있었다.

잘 가라는 말 대신
미안하다는 숨을 삼키고
괜찮다는 얼굴을 남긴 채
한 걸음을 옮겼다.

이별은
서로 다른 방향을 걷는 일이 아니라
같은 자리에서
한 사람이 먼저 사라지는 일이라는 걸
그제야 알았다.

첫걸음은 작았다.
그러나 돌아올 수 없을 만큼
충분히 멀어졌다.

그리고 그 뒤로
나는

아무 발자국도

남기지 않았다.

작은 첫걸음이 큰 다짐을 품을 때

1분, 작은 발걸음

12월 31일, 23시 59분,
1년의 시곗바늘이 멈추는 곳

1월 1일, 00시 00분
새해로 나아가는 첫 발걸음

모든 것이 끝난 곳에서 다시 시작되는
아주 작은 첫걸음

출발선

삐익-

저 멀리서 호각 소리가 귓가를 때렸다. 어제 연습을
했던 게 무색하게도, 나의 발은 단 한 걸음도 바닥에
서 떨어지지 않았다. 나는 늘 이런 식이었다. 움직이
지 못하는 다리를 내려다보다가 이내 저 멀리서 흰
천이 한 아이의 몸에 의해 펄럭이는 장면을 눈에 담
았다. 나는 언제쯤, 저 거리에 다다를 수 있을까.

삐익-

다시 한번 경기의 종료를 알리는 호각 소리가 울렸
다. 아이들의 환호성 사이에서도 나는 그 더운 햇빛
아래 땀을 흘리며 서 있었다.

작은 첫걸음이 큰 다짐을 품을 때

“야, 윤지호! 뭐 하는데!”
“아, 야 어떻게 뛰지도 않냐!”

저 멀리서 아우성치는 아이들의 목소리를 듣자, 그제
야 발이 움직여졌다. 이미 경기는 끝난 지 오래였다.

“지호야, 어디 안 좋아?”
“아니.”
“근데 안 뛰길래….”
“그냥, 뛰기 싫었어.”

나는 나를 향해 뛰어오는 한세안을 바라보다가 이내
발걸음을 옮겼다. 웃기게도, 이번에는 발이 가볍게 움
직여졌다. 추가 달려, 금방이라도 땅으로 꺼질 듯했던
느낌은 사라진 지 오래였다. 나는 바닥을 바라보며 계
속 걸었다. 한 걸음, 그리고 다시 한 걸음.

“지호야, 같이 가!”
“…”

한세안. 옆집이자, 초등학교 때부터 알고 지낸 소꿉 친구. 언제부터였는지 기억은 안 나지만 나와 한세안 은 어느 순간 반대가 되었다. 모든 일에 눈을 빛내던 나는 어느새 단조로운 바닥을 바라봤고, 늘 혼자서 가 만히 있었던 한세안은 어느샌가 내가 닿을 수 없는 곳까지 나아갔다. 꿈이 있는 사람은, 저렇게 빛이 날 까. 그렇다면 나는 빛이 날 수 있는 순간이 없을 텐데.

"한세안."

"응?"

"…아니다."

"응? 뭐야! …야, 윤지호! 같이 가자니까!"

뒤에서 들려오는 발걸음 소리에도 아랑곳하지 않고 계속 걸어 나갔다. 언제까지 걸어야 하는지는 나도 알 수 없었다. 목적지 없는 걸음은, 늘 황무지를 걷는 듯 아슬아슬했다. 언제 쓰러질지 모르는 곳에 발을 디딘 내가, 참 바보 같았다.

어릴 때는 하고 싶은 게 많았다. 뭐, 늘 흔히들 생각 하는 것들도, 그리고 예상하지 못한 것들도. 내 마음

작은 첫걸음이 큰 다짐을 품을 때

속에는 늘 반짝이는 별들이 가득했다. 내가 해내지 못할 것은 없다는 그 어리석은 자신감이, 그때는 내 안을 채우고 있었다. 어릴 때는 다 한 번쯤 해본 생각 역시, 안 해본 적이 없었다. 사람을 구하는 일이라든지, 아니면 더 나아가 세계의 영웅이 된다든지. 유치하기 짝이 없는 그 꿈들이, 그때는 나의 전부와도 같았다.

 그 역시, 이젠 느껴볼 수 없는 것이 되어버렸지만 말이다. 잘하는 줄 알았던 게 사실 평범했고, 남들과 다른 재능인 줄 알았던 것이 덧없어지는 순간. 나는 그 순간을 여전히 놓지 못하고 붙잡고 있었다. 손이 쓸리고, 모질게 내쳐져도 놓지를 못해서.

 시간은 다 똑같이 주어지지만, 그걸 이용하는 건 달랐다. 나는 늘 같은 제자리에 머물러있었다. 나아갈 생각조차 하지 못했다. 아니, 하지 않았다. 나에게는 그 생각조차 버거웠다. 내가 제자리에 머물러있다는 것을 인정하는 순간이, 참으로 비참했다. 내 스스로 나의 결핍을 인정하고 앞으로 나아가는 것은, 굉장히 어려운 일이었다. 사람은 누구나 자신의 부족함을 인정하려 하지 않는다. 나의 잘못은 결국 세상의 잘못이고, 타인의 이기심 때문이라 여기며 살아간다. 나 역시도 마찬가지다.

"따라오지 말라고."
"너 요새 왜 그러는데, 윤지호."
"내가 뭘. 계속 귀찮게 구는 건 너야."
"마음에 안 드는 게 있으면 말하든가. 말하기 싫으면
티를 내지 말든가."

　나는 늘 제자리였다. 나아갈 생각조차 안 하는, 그래
서 머물러있으면서 그 자리를 탓하는.
　나는 인상을 찌푸리며 나를 바라보는 한세은의 시선
을 무시했다. 한세은은 알고 있을까. 네 옆에 있으면
나는 한없이 작아진다는 걸. 너의 시선을 피하기 시작
한 것도, 그때부터였다는 걸 너는 알고 있을까.

"네 멋대로 생각하지 마."
"그러니까, 그런 오해를 받기 싫으면 말을 하라고."
"아무것도 모르면서 오지랖이야."
"말을 안 하는데, 내가 어떻게 알아."

작은 첫걸음이 큰 다짐을 품을 때

무슨 말을 해야 할까. 내가 한심해서 미쳐버릴 것 같다고? 친했던 너를 속으로는 재단하며 바라본다는 걸?
 나는 숙이고 있던 고개를 번쩍 들어 그대로 한세은을 바라보았다.

"그러니까, 내가 무슨 말을 해도⋯."
"봐, 잘하잖아."

 그리고, 나를 보고 웃고 있는 한세은의 얼굴이 눈에 박혔다. 나는 그대로 숨을 멈췄다. 저런 시선을, 마지막으로 언제 봤더라. 나는 화를 내던 것도 잊은 채, 계속 너를 바라봤다. 너는 예전과 달라져 있었다. 나의 반짝이던 별은, 어느새 너에게 가 있었다.

"아까부터 자꾸 무슨 소리를 하는 거야."
"고개 숙이지 마. 너랑 안 어울려."
"한세은."
"맞아, 너 말대로 난 네가 뭐 때문에 그러는지 몰라."
"그걸 알면 그냥⋯."
"근데 그렇다고 그냥 지켜볼 생각은 없고."

한세은은 한 발짝 더 가까이 내게 다가왔다. 나는 그런 한세은의 모습을 가만히 응시했다. 햇빛이 머리 위를 거칠게 내리쬤다.

"그거 알아? 출발선은 다 똑같다는걸."
"… 무슨 말이 하고 싶은 거야."

한세은은 아까 우리 반이 경기하고 있던 공간에서, 경기를 준비하고 있는 다른 반을 손가락으로 가리켰다. 나는 무의식적으로 한세은의 손가락을 따라 시선을 돌렸다.

"근데,"

삐익-
아까와 같은 호각 소리가 운동장 멀리 퍼졌다. 나는 인상을 찌푸리며 그 모습을 바라보았다.

"사람마다 뛰는 속도가 다 달라."
"그걸 누가 몰라?"

작은 첫걸음이 큰 다짐을 품을 때

"그러니까 괜찮다고. 느리다고 누가 뭐라 해? 저기 봐. 꼴등이든, 일등이든 웃고 있는 거."

한세은은 손가락을 내리고 어깨를 으쓱였다. 나는 그런 한세은의 행동을 가만히 바라보았다.

"네 속도를 즐겨. 누구보다 확실하게."

한세은은 다시금 나를 바라보며 웃었다. 그 미소를 가만히 바라보자, 어릴 적 생각이 났다. 울고 있던 한세은. 그리고 그 옆에 주저앉아, 한세은이 좋아하던 모래성을 쌓던 나.

"그게 힘들면, 내가 끌어주지, 뭐. 나 달리기 빠른 거 알잖아."

무너지고, 뭉개져도 그저 웃으며 네 옆을 지키던 나. 나의 그런 모래 장난에, 너는 어떻게 반응했더라.

"…그걸 위로라고 하냐. 너 위로 진짜 못해."

"아씨, 조언을 해줘도 뭐라 그러네."

나는 시선을 돌려 결승선을 넘는 아이들을 보았다.
흰 천, 그리고 모랫바닥. 바닥을 구를수록 모래바람
이 덮쳐왔지만, 여전히 웃고 있는 아이들. 나는 시선
을 돌려 아까 걸어왔던 곳을 바라보았다. 작게 발자국
이 남아, 짙은 색 모래의 형상이 눈에 담겼다. 나는 어
릴 적, 바보 같았던 그 시절처럼 주저앉아 모래를 만
졌다. 부드러웠던 그때의 촉감은 사라지고, 까슬한 모
래 알갱이가 손에 잡혔다.

"야, 한세은."
"응?"
"저기까지 시합할래?"

그리고 나는 그대로 출발 자세를 취했다. 나의 그런
모습을 가만히 보던 한세은은, 결국 웃음을 터트렸다.
 아, 기억났다. 그때 어릴 적 울던 너도, 나의 모래성
을 보고 웃음 지었다.

작은 첫걸음이 큰 다짐을 품을 때

나는 그런 한세은을 바라보다가 손가락으로 그곳을
가리켰다.

"호각 소리 들리면 시작이다."
"콜."

 지나온 자리에도, 멈췄던 자리에도 흔적은 남는다.
짙은 색이든, 흐린 색이든. 내가 걸어온 흔적은 하나
도 헛된 게 없었다.
 제자리라 생각했던 것들은 어느새 나의 길잡이가 되
었고, 느리다고 생각했던 것들은 어느덧 발돋움이 되
었다.

삐익-

 아까와 같은 호각 소리가 들린다. 나는 저 멀리 나아
가는 인영들을 가만히 바라보다가 걸음을 옮겼다. 발
을 떼는 것이 여전히 망설여졌지만, 이번에는 멈추지
않았다. 한세은과는 이미 한참 떨어진 거리, 그리고
이미 결승선에 다다른 아이들. 나는 그 모습에도 그저
웃었다.

뜨거운 햇살이 머리 위로 쏟아지고, 땀이 뺨을 타고 내려오는 감각이 생경하게 느껴졌다. 느린 걸음도, 걸음이리라. 단 한 걸음이더라도, 첫걸음이더라도. 그 모든 걸음은 나의 발자취가 되어 길을 비출 테니.

"빨리 안 오냐!"
"네가 느리면 끌어준다며."

그래, 느리더라도 상관없다. 이제껏 밀어두었던 그 생각이 머릿속에서 튀어나온다. 느린 것도, 멈춘 것도 잘못이 아니라는 것을. 나의 첫걸음은, 이제부터 다시 이어질 테니까.

작은 첫걸음이 큰 다짐을 품을 때

한 걸음이면 충분해요

앞이 안 보인다고
생각하지 말아요

잠깐 고개 들어 웃는 것만으로

걱정은 밀려나고
봐야 할 거리에 즐거움이
기다린다는 걸 알게 될 테니까요

한 걸음 고개 내려
두 눈에 가까운 아름다운
이야기를 놓치지 말아요

헤어지고 나면 한걸음에 맑은 눈물이 많았음을 알게
될 거예요
작은 첫걸음이 큰 다짐을 품을 때

다가온 눈 맑음에
하얀 눈망울이 젖어 들 때면
첫눈이 내릴 테니
고개 내려 놓치지 말아요.

그때가 되면 모든 것이 나에게
첫걸음이 되어
나를 만나줄 테니

1. 안세진

작은 첫걸음이 큰 다짐을 품을 때

거창한 약속은

처음부터 필요하지 않았다

오늘의 한 줄,

펜을 드는 손의 떨림 하나면 충분했다

작은 첫걸음은 늘 조용하다

아무도 박수 치지 않는 자리에서

나만 아는 다짐을 품고

묵묵히 바닥을 다져간다

2026년은

속도를 내는 해가 아니라

방향을 지키는 해

흔들려도 돌아오고

의심해도 놓지 않는 해

돈이 되지 않는다고
의미가 사라지는 것은 아니며
쉽지 않다고 해서
사명이 가벼워지지는 않는다

쓰는 일은
결과보다 태도의 문제임을
오늘도 다시 배운다
누군가를 설득하기 위해서가 아니라
나 자신에게 부끄럽지 않기 위해

나는 작가로서
요란하지 않게
그러나 물러서지 않고
하루 한 걸음씩 걸어갈 것이다

작은 첫걸음이
큰 다짐을 품을 때

길은 이미 시작되고 있었다

아무도 몰라도

나는 알고 있으니까

2026년,

나는 오늘처럼

묵묵히 쓸 것이다

괜찮아, 첫걸음일 뿐인걸

완벽주의의 성향을 갖고 있는 사람은 처음 하는 실수가 두려워 도전을 망설인다

'혹시나 사람들이 무시하면 어떡하지.'

'내 실수로 인해 다른 사람이 날 못 믿으면 어떡하지.'

누구에게나 다 처음은 있다. 처음을 어떻게 대처하느냐에 따라 그 사람의 성장 여부가 달려있다. 완벽하게 준비될 시기까지 기다리면 평생 못한다. 나 또한 아직 많이 부족하지만 글을 쓰고 투고를 해서 여러 권의 책을 쓴 작가가 되었다. 개인 저서 1권 포함 12권의 공저를 냈다. 내가 만약 완벽하게 준비가 될 때까지 도전하지 않고 기다리기만 했다면 기회를 잡았을까?

실수와 실패, 넘어지고 데이면서 배우고 알아가다 보면 분명 한 뼘 더 성장하게 된다.

첫걸음을 내디뎌보자. 실패를 두려워하지 말고.

작은 첫걸음이 큰 다짐을 품을 때

출발선

출발선에 섰다.

세상을 향한 문이 열리고 있다.

아직 세상은 조용하다.

긴장감과 두려움, 설렘과 기대

많은 감정들을 느끼며 세상을 향한 첫걸음을 내디뎠다.

넘어질지도 모른다.

잘못된 길은 걷고 있을지도 모른다.

하지만, 출발선에 서 있기만 했던 어제보다

한 발 내디딘 오늘...

첫걸음에 배부를 수 없다는 말처럼

첫걸음은 늘 작고 서툴지만

세상은 늘 그 한 걸음에서 시작된다.

계단과 엘리베이터

이전에는 발만 딛는다면,
엘리베이터처럼

아무것도 하지 않아도
버튼만 누른다면
목적지인 저 옥상에 도착할 줄 알았다.

버튼을 누르고 가만히 서 있었다.

고개를 들어보니 엘리베이터는
위가 아닌 아래로,
옥상이 아닌 지하로 가고 있었다.

어두운 것은 싫어 두렵지만

작은 첫걸음이 큰 다짐을 품을 때

어둠을 헤치고 나가는 법을 알게 되었고
땀 흘려 계단을 타고 올라가는 법을 깨달았다.

계단을 올라가다 생각했다.
나는 이 건물의 어디쯤 와 있을까.

괜찮다,
설령 반도 못 왔다 하더라도
반이 넘게 배울 것이 남았으니.
내가 오르는 모든 계단은 첫걸음이 될 것이니.

걸음의 무게

여정을 떠날 때

두려운 마음보다 설레는 마음이 앞서기 마련이지만

내딛는 걸음마다 하나둘씩 붙는 두려움은

어느새 설레는 마음보다 커졌다.

그래서 걷다 보면

첫걸음의 마음가짐은 기억조차 나지 않을 때가 있다.

그럴 때마다 생각했던 것은

걸을 때마다 새겨 넣자, 나의 마음을.

그렇다면 내 모든 걸음은 첫걸음이 되겠지.

두려움과 설렘은 항상 붙어 다니겠지만

작은 첫걸음이 큰 다짐을 품을 때

그래도 첫걸음은 설렘이 더 클 것이기에

끈질기게 두려운 마음이 붙더라도
그것이 나의 모든 걸음과 설렘의 무게를 늘려줄 테니까.

첫걸음

소년이여, 새하얀 설원 위
첫걸음 딛는 것에 망설여지는가?

완전무결(完全無缺)은 아름다우나
더 나아갈 수 없어 아무것도 하지 못함은
낡고 닳다가 결국 썩어 문드러진다

살아있음을 증명하는 아름다운 춤사위는
무결(無缺)을 베어내 천천히 나아가지

소년이여, 그대의 발자국마다
삶의 노래는 활짝 피어오를 테니
어여쁜 목소리로 힘차게 걸어 나가라

작은 첫걸음이 큰 다짐을 품을 때

여행

처음 가보는 그 길 두렵고 겁난다는 것 알고 있어
하지만 가지 않으면 그 아름다움 느낄 수 없는 걸

아주 작은 모험을 시작해 본다면
더 큰 세상이 눈앞에 펼쳐질 거야

나무들이 처음부터 푸르를 줄 알았을까?
봄꽃들이 처음부터 피어날 줄 알았을까?
연어들이 처음부터 거스를 줄 알았을까?
신천옹이 처음부터 항해할 줄 알았을까?
우리는 처음부터 그 아름다움 알았을까?

처음 가보는 그 길 두렵고 겁이 날 테지
한 걸음걸음마다 아름다움 또한 피어나

아주 작은 여행을 시작해 본다면
더 큰 세계로 앞으로 나아갈 거야

작은 첫걸음이 큰 다짐을 품을 때

느린 첫걸음

아이야,

수없이 비틀거리다
끝내 바닥에 닿던 네가

한동안 깊은 잠 속에
잠겨 있던 것처럼
아무 움직임도 없던 시간을 지나

다시
비틀거리며
조심스레
일어나

천천히
숨을 고르듯 내딛는
너의 서툰
한 걸음

한 걸음,
세상이 처음인 것처럼
더디게 걷는 너의 시작

오랜 꿈틀거림 끝에
두려움을 끌어안고
한 걸음

한 걸음,
세상으로 건네는 너의 마음은
얼마나 작고
얼마나 간질간질할까

언니,
언니는 알고 있을까

작은 첫걸음이 큰 다짐을 품을 때

늦게 시작한

조심스러운 발 디딤

첫걸음

그 더딘 첫걸음이

밤을 지나온 사람만이 가진

얼마나 빛나는 걸음인지

나를 향한 첫걸음

첫걸음

나에게로 향하는 걸음이 결코 쉽지 않았다

기다리고 기다리며 또 기다린 후에야

나를 향해 내디딜 용기를 가질 수 있었다

갈 수 없는 길을 두드려야 했고

가고 싶지 않은 길을 걸어야 했고

가보지 않은 길을 가야만 했다

그렇게 나를 위한 걸음이

숨 가쁘게 허기지고 고단했다.

사람아

꿈을 꾸어라

작은 첫걸음이 큰 다짐을 품을 때

피우지 못할 꿈이라도 괜찮다
포기부터 선택하지 말고 꿈꾸는 것만으로도 길이 된다

사람아
나 자신을 사랑해라

사랑받을 만한 이유 있는 사람은 없다
사람이기에 그 존재 자체로 이미 사랑이다

첫걸음을 못 떼었느냐

시작이 늦었을지 몰라도
시작하지 않을 이유는 없다.

사랑받은 사람이 사랑할 수 있더라
어린 시절 속의 과거형이든
풋풋한 오늘의 현재형이든
나를 향한 사랑의 첫걸음이 있는 사람이
과거, 오늘 그리고 미래의 나와 너를 사랑할 수 있더라

내가 나를 꿈꾸지 않으면

세상 어디에서도 꿈을 피울 수 없다

내가 나를 사랑하지 않으면

이 세상 어느 누구도 나를 사랑해 주지 않는다

꿈꾸는 나와 너의 첫걸음

사랑하고 사랑받는 우리의 첫걸음

두 팔 벌려 응원한다

작은 첫걸음이 큰 다짐을 품을 때

어쨌든, 첫걸음

우리는 어렸고 일탈은 하고 싶었다.

나라에서 허락한 마지노선의 나이를 남겨둔 우리는 무엇이든 하고 싶어 몸이 근질거렸다.

고등학생이라는 신분은 우리를 우리에 가두는 장치처럼 느껴졌다. 고작 일탈이라고 해본 것은 한두 번의 가출, 학교 수업을 무시하고 밖에 나와 노래방에 다니기. 건너의 누구처럼 술 담배와 성인에게만 허락된 것들에 손을 댈 순 없었다. 범죄를 저지를 수도 없었다. 그럼에도 우리 넷은 자잘한 행동들에서 큰 자유로움을 느꼈다. 우리는 어렸고 일탈은 하고 싶었다.

졸업을 앞둔 우리에게 더 이상 공부를 말하는 이도 없었다. 선생들도 학생들이 그저 큰 사고를 치지 않기만을 바라는 것처럼 보였다. 우리는 보란 듯이 학교에서 휴대폰으로 게임을 하고 낄낄댔다. 그걸 우린 일탈

이라 칭했다.

한 해가 지나갈 때 우리가 가장 먼저 했던 것은 대실이었다. 작디작고 낡디낡은 건물을 잠깐 빌려 담배 냄새가 나는 방. 그럼에도 우리 넷은 알 수 없는 허영심에 부풀어 크게 웃으면서 침대에 몸을 던지고 커다란 TV로 노래를 틀었다. 곧 우리는 검은 봉투에서 안주 대신 과자를, 술 대신 탄산을 꺼내서 동그랗게 앉아 캔을 맞댔다. 둔탁한 건배 소리가 짧게 머문다.

"자유를 위하여!"

그 순간만큼은 온 세상이 그 작은 방 하나였다. 짜릿한 탄산에 흥이 돋워진 우리는 술 없는 술 게임을 했다. 술을 언급해도 뭐라 할 사람이 없다. 이제 아무도 우리를 막을 사람은 없다. 휴대폰으로 게임을, 예능 프로그램에서 한두 번 보았던 좀비 게임도 똑같이 해 보았다.

신나게 놀다 지친 우리는 침대에 포개어 누워 TV를 보았다. 이불은 서늘하고 눅눅했지만, 네 명이 숨을 섞어 눕자 금방 따뜻해졌다. 이따금씩 천장의 낡은 조명이 깜빡거린다.

"이 정도면 꽤나 폼 나게 놀았어."

작은 첫걸음이 큰 다짐을 품을 때

"술 한잔은 마시고 그렇게 말하지."

"내 첫술은 내 미래의 첫 연인과 할 거거든?"

"그러다가 평생 못 마실걸."

누워서 웃는다. 한 녀석은 지쳤는지 이미 잠들었다. 잠든 친구 눈 위로 손을 휘젓기도 하지만 깨지 않는다. 생각해 보면 이 친구는 나머지 셋과는 다르게 시간을 쪼개 틈틈이 공부를 하던 친구였다. 결국 한 번 말하면 다들 알아주는 대학교에 합격하였다. 나를 포함한 나머지 둘은 이름 없는 대학교로, 서울을 벗어난 먼 곳으로 가게 되었고, 마지막 한 명은 본인도 무엇을 할지 모르는 상황이다.

날아온 문자에 나는 다급하게 휴대폰을 들여다본다. 꺼진 휴대폰 화면에 비친 실망한 얼굴이 한숨을 쉰다. 아, 또 떨어졌네. 친구가 어깨를 두드린다. 본인도 예비 번호가 줄지 않으니 그냥 마음을 비웠다면서, 같이 지방으로 가자고 한다.

"재수나 할까…"

"너는 그런 이야기를 놀면서 하냐."

성인이라는 나이가 되었을 뿐 우리는 아직 어린아이들이나 다름없었다. 애매한 우리 속에서 발을 어디에

내려야 할지 가리키던 조명은 언제 철수해 버린 걸까.

"난 면허를 딸 거야."

오히려 갈 길을 아예 모르니 빛이 나는 그가 말했다. 그는 예전부터 차를 좋아했었다. 하지만 운전 스타일은 절대 평범해 보이지 않았는데, 그가 시뮬레이션 게임을 할 때 옆에서 보면 면허를 따도 신변이 괜찮을지 걱정될 지경이다.

"난 연애."

저 친구는 속 편해 보인다. 하루에도 수십 번씩 재수를 할까 말까 고민이 들었다. 답답해 죽겠는데, 더 편하게 자고 있는 한 녀석이 괜히 얄미워 보인다. 흔들어서 깨워본다.

"아깝게 자고 있냐."

"아이, 잠도 마음대로 못 자?"

투덜거리면서 웅얼거리는 그녀의 모습에 피식 웃음이 나온다. 우리 넷은 참 다른데. 우연히 한 고등학교에 소속되어 지금까지 어찌어찌 잘 지내왔지만, 과연 흩어져도 우리는 우리일 수 있을까?

"이제 우리 지방 가면 자주 못 보잖아."

"매일 봐놓고선 무슨…"

작은 첫걸음이 큰 다짐을 품을 때

"그거와 이건 또 다르지."

TV에서 광고가 나온다. 성공한 사람들의 뻔한 성공담. 세상은 애매한 사람에게는 영 재미가 없는지 주목해 주질 않는다. 결국 세상의 다수는 애매한 사람들일 텐데. 건너뛰기를 눌러 다시 연말 분위기의 노래가 나오게 한다. 낯익은 소리들이 방에 남는다.

얼마나 지났을까. 갑자기 울리는 전화를 받아보니 대실 시간이 곧 끝난다고 한다. 우리는 겉옷을 집어 들고, 작은 우리의 세상이 막을 내리기 시작한다. 문을 여는 순간 따뜻한 방의 열기가 끊기고 서늘한 복도가 우리를 마주한다. 우리의 더 넓은 세상은 어떻게 생겼을까. 어쩌다 세상 밖으로 나와 첫걸음을 떼긴 했는데, 어디로 가야 할지 모르겠다.

"계단은 저쪽이야."

그래도 걸어야지. 우리는 언제 풀렸는지 모를 신발 끈을 밟으며 어설프게 나아간다.

한 걸음

모든 처음은 떨림을 동반하여
서투를지언정 도전하는 이의 장벽이 되고

미지라는 영역에 발자국을 남기는 일은
두려움이 덜컥 목구멍까지 차올라

질끈 눈을 감으면 보이는 칠흑 같은 어둠에
홧김에 발 딛을지 외면할지 고민하다가

수십 번 수백 번 다시 망설이고
끝내 발끝만 조심스레 들어 내딛는 한 걸음

탐험한 미지는 곧 미지가 아니게 되어
가시덤불처럼 엉켜있던 두려움은 사라지네

작은 첫걸음이 큰 다짐을 품을 때

포레스트 웨일

공동 작가

다짐

다짐

창가에 스며드는 아침햇살처럼
어둠을 걷고 조용히 눈을 뜹니다
어제 묵었던 미련과 후회는
밤새 내린 빗방울처럼 덧없이 사라지고
빈 마음 위에 싹을 틔웁니다

오늘은 고요한 강물처럼 흐르되
가슴속 희망의 물줄기는 끝없이 흐르리

너무 높이 날아 애쓰지 않으렵니다
다만, 내딛는 발걸음마다
꿈이라는 흙 위를 굳건히 걷겠습니다

스치듯 지나가는 바람에도 귀 기울여,
작은 소리와 순간의 아름다움을 놓치지 않으리

나의 다짐은, 거친 파도가 아닌 잔잔한 호수입니다.
밖으로 외치기보다 안으로 단단해지는 외유내강의
약속입니다

가끔은 지쳐 홀로 울고 있겠지만
그럴 때마다 나를 감싸안은 사랑을 기억하며
나 자신에게 다정한 친구가 되어주려 합니다

꿈은 나를 지키는 가장 아름다운 울타리임을 알기에
세상 앞에서도 고요히 중심을 잡으리라

아침 햇살 아래 투명하게 빛나는 오늘의 시작이여,
나의 가장 빛나는 순간으로 기록되리

이 다짐이 마침내 나를 있게 하는
아름다운 시가 될 것입니다

다짐

다짐

지난 수십 년 동안 했었던 수많은 나의 다짐들은 제
대로 지켜진 게 없다네
백날천날 수없이 다짐을 해도 물거품이 되기 일쑤 거
나, 아니면 다짐만 하다가 끝나버렸지.
그래서인지 이제는
아무런 다짐도 하고 싶지 않다.
지키지 못할 무의미한 다짐들을
 매년 반복하는 것보다
차라리 아무런 다짐을 하지 않는 게
더 낫지 않을까 하는 생각이 든다.
다짐보다 더 중요한 게 있다면 그것을
지켜내는 게 더 낫지 않을까 싶다.

내게 닥쳐올 시련과 고난에 주저앉지 않으며, 나를 흔
들려고 하는 요란한 바람에도 흔들리지 않는 게 지금
의 나에게는 그 어떠한 다짐보다도 중요하니까...

여러분도 한번 생각해 보세요.
매번 다가오는 새해에 하는 다짐보다 더 중요한 건
무엇인지를...

방문

똑똑, 소리가 들린다

이건 아마도 네가 내 심장을 방문하는 소리

세계가 한번 무너졌다가 다시 일어서는 소리

검은 방 안에 갇혀있다

칠흑 같은 어둠이 잠식할 때

아무 소리도 없이 고요할 때

가끔은 누군가 내게 와주었으면 한다

그러나 나는 아무에게도 손을 내밀지 않고

책장이 사각사각 넘어가는 소리만이 들린다

바람이 분다

작은 첫걸음이 큰 다짐을 품을 때

너는 끊임없이 내내 문을 두드리고,
암흑이 서서히 사라지는 것 같은 기분
얼었던 물이 녹아 흐르는 느낌

옷걸이에 걸려있던 코트 자락이 흩날린다

나는 자리에서 일어나
코트를 입고
너와 사랑을 시작할 다짐을 한다

2026년 다짐

처음은 늘
거창한 약속도
큰 용기도 아니었다
조금 흔들리는 발걸음
조금 떨리는 숨결
그리고 아주 작은 다짐하나

2026년에 나는
더 이상 나를
의심하지 않기로 했다
작지만 단단한 발끝에
희망 한 톨 얹고
포기 대신 인내를 묶어
앞으로 내디딘다

작은 첫걸음이 큰 다짐을 품을 때

누군가는 빠르게 달려가고
누군가는 쉬어가겠지만
나는 나의 속도로
나의 길 위에서
나의 아름다운 계절을 만든다

첫걸음이 비록 느려도
진심으로 내디딘 발걸음은
언제나 나를
내가 꿈꾸던 자리로 데려다줄 것이다

2026년 다짐을 믿으며
흔들림은 있어도
그대로
한발 한발 내딛는다

다짐의 순간

어두컴컴한 다짐이
나를 부른다
무너지고 실패하는
어둠의 다짐 속으로

어두컴컴한 다짐이
나를 감싼다
다시 일어서지도
붙잡지도 못하게

어두컴컴한 다짐 속에서
나는 그렇게 하염없이
무너져 내려간다

작은 첫걸음이 큰 다짐을 품을 때

저 기나긴 어둠 속
유일하게 빛나는
무언가를 보면서

빛나는 다짐이
나를 부른다
넘어져도 다시 일어나는
희망의 다짐 속으로

빛나는 다짐이
손을 내민다
내 안의 다짐을 믿고
용기 내서 나와 보라고

어두컴컴한 공간에서
나는 걷는다
빛나는 나의 삶을 위하여

어떤 다짐이 나올까

드르륵드르륵
어떤 것이 나올까?

돌리고 돌려서 나온 것은
바로바로
영차영차 운동한다고
다짐하는 곰돌이

다시 다시
드르륵드르륵
어떤 것이 나올까?

타다닥 타다닥
열심히 공부한다고

작은 첫걸음이 큰 다짐을 품을 때

다짐하는 열정 타자기

마지막으로 돌려보자
드르륵드르륵
무엇이 나올까?

바로바로
이 모든 다짐을 다 이룰 수 있는
나

다짐의 편지

오늘도 나는 편지를 쓴다
누구를 위한 글이 아닌
오늘의 나에게 남기는
다짐의 문장들을

오늘도 내일도 모래도 쓴다
언젠가 나의 다짐을 이뤄낼
미래의 나를 떠올리며
포기하지 않겠다는 다짐의 글을

오늘도 나는 편지를 쓴다
언젠가 받을 수 있을
성공한 나 자신으로부터의
답장을 꿈꾸며

작은 첫걸음이 큰 다짐을 품을 때

다짐

성장

다짐을 잃었던 나는
이제 다짐을 이뤄내는 나로
성장했습니다.

뭔가를 설정하고, 이뤄내는 것을
하지 않는 내가
이번에는 이뤄냈습니다.

그리고 이번에는
또 다른 높은 다짐을
설정했습니다.

잘할 수 있을 것이라는
믿음을 가지고
잘 해내겠습니다.

잃은 사람을 기억하기로

벗을 잃었습니다.

그녀는 나를 기억하겠지만,

저더러 자신을 잊으라 했습니다.

그러나 그녀를 아는

저는 그녀를 잊을 수 없습니다.

다짐했습니다.

그녀가 어떤 사람이든

기억하기로

그녀 덕분에 살아온 나니까

그녀를 기억하기로

그렇게 다짐했습니다.

新 2026년 다짐

새해가 되면 우리는 늘 하는 다짐들이 있지.

체중 조절하기
운동하기
외국어 하나는 꼭 배우기
새로운 취미나 자격증 따기

헌데 이 목표들 흔히 작심삼일이라는 말로
내 스스로가 부끄러워지고 민망해지곤 하지만

새해에 세우는 다짐들이 저렇게 거창하면
뭔가 부담스럽지 않아?
다짐이 굳이 거창할 필요는 없다고 생각해.

작은 첫걸음이 큰 다짐을 품을 때

모든게 빠르게 변화하고 너무 자극적인 뉴스와 소식들
쉴 새 없이 도파민에 절여지는 요즘
그 모든 것에 지친 나를 아껴주는 다짐들은 어떨까?

출근할 때 내가 가장 좋아하는 옷 입고 출근하기
하루 30분 점심시간에는 휴대폰 잠시 꺼두기
주말마다 한 주 동안 가장 먹고 싶었던 음식 만들어
먹기, 배달로 사 먹기
자기 전, 쉴 때 내가 좋아하는 장르의 음악 들으며 힐
링하기
저축 만기 되면 한번 쯤 가 보고 싶었던 곳으로 여행
떠나기
좋아하는 그림이나 사진들 집에 사서 붙여두기
비 오는 수요일에는 장미 한 송이 사서 오기

순간적, 자극적인 나를 갉아내는 도파민이 아닌
나의 마음과 정신을 이완 시켜 주는 긍정적이고 따뜻한
도파민으로 나를 사랑해 주기 다짐 말이야.

그동안 우리 너무 열심히 사느라 수고했잖아
소박하지만 행복하고 스멀스멀 웃을 수 있는
이런 다짐들은 어때?

작은 첫걸음이 큰 다짐을 품을 때

전야

까마득한 천장 위, 조각난 별에게 물었다

•

무얼 비추려 고민 가득한 공간에 찾아왔느냐고

•

가려져 보이지 않는 아침이 그리워

가득한 어둠이 두려워

이리도 위태로이 멈춰있는 거냐고

•

다가온 새벽 틈 사이, 한쪽 빛을 떼어 건네는 달에게
빌었다

•

안갯속에 가려진 희미한 색을 찾아

끝없이 달려가는 내 마음은 어디쯤인지

외로운 어둠 속 길을 잃은 내 앞엔

어떤 모습이 기다리고 있는지

•

슬쩍 귀띔이라도 해달라고

•

목적 없는 여행길에
실수 가득한 레이스에

•

이유 없이 지켜주는 이정표가 되어달라고

작은 첫걸음이 큰 다짐을 품을 때

다시 시작하는 나의 다짐

새로운 것을 맞이하는 시점에서
나의 첫 다짐은 항상 생각하고 있는 것을
잊지 않고 걸어가는 것이다.

계속 꿈을 이루고 싶어 하는 마음을 품고
될 수 있는 그날을 향해 걸어가는 것,
혹여나 방향이 틀어지면
준비가 덜 되었는지,
고쳐야 할 것이 있는지 스스로에게 묻곤 한다.

그럴 때마다 나는 잠시 멈춰 서서
내가 품고 있는 꿈의 모양을 다시 그려본다.
길이 조금 돌아가더라도
결국 닿을 수 있다는 믿음을 놓지 않는 것,

그것이 다시 시작하는
나의 약속이면서 다짐이다.

작은 첫걸음이 큰 다짐을 품을 때

조용히 변해가는 다짐의 약속

하루의 끝자락에 앉아

나에게만 들리는 작은 숨을 듣는다.

말하지 않아도 아는 마음이

조용히 나를 일으켜 세운다.

크게 흔들리지 않아도

조금씩, 아주 조금씩

내 안의 길은 방향을 틀어

새로운 빛을 향해 나아간다.

누구에게도 보여주지 않은

나만의 다짐이

오늘도 조용히 모양을 바꾸며

내 어둠 속에서 은은히 빛난다.

어제보다 조금 더 나아지려는 마음,
잠시 멈춰도 다시 걸으려는 마음,
그 모든 마음을 끌어안고
나는 나에게 약속한다.

소란스러운 세상 속에서도
흔들리기보다 단단해지기를,
흐르는 시간 속에서도
나를 잃지 않기를.

그렇게 조용히 변해가는
작은 다짐 하나가
언젠가 나를 지켜낼
가장 단단한 약속이 될 것이다.

작은 첫걸음이 큰 다짐을 품을 때

무너지지 않기 위한 말

아침이 오면

나는 습관처럼 창을 연다.

집 앞에 떠 있는 하트섬이

오늘도 그 자리에 있는지 확인하듯

내 마음의 중심을 먼저 살핀다.

천천히 하루가 시작된다.

기억을 더듬는 엄마의 시선과

느려진 아빠의 걸음 사이에서

나는 조용히 아침 밥상을 준비한다.

한때는

부모님이 내 삶의 바위였고

나는 그 곁에 기대어 쉬었는데

이제는

내가 그늘을 만들 차례가 되었다.

그래서 나는 다짐한다.

오늘은 평안한 말로 하루를 열자고.

불안 대신 긍정을,

미안함 대신 따뜻함을 건네자고.

그리고 잊지 않기 위해

나에게도 말한다.

너도 너를 위해 살아도 된다고.

너의 하루 또한 소중하다고.

마음이 무거워질 때마다

나는 다짐을 다시 꺼낸다.

큰 약속은 하지 않는다.

다만 오늘 하루를

조금 덜 아프게, 조금 더 부드럽게.

작은 첫걸음이 큰 다짐을 품을 때

다짐은
나를 단단하게 만들기보다
나를 무너지지 않게 붙잡아 주는 말.

그래서 나는 오늘도
수없이 다짐하며 살아간다.

213

다짐

다짐

하루하루를 뜻깊게 살아가겠노라 다짐했지
해가 뜨고 해가 지는 사이 나에게 건네는 약속 하나

말처럼 쉬운 게 아니라서 자꾸만 흔들리는 나
입술로는 굳게 맹세해도 손에 쥔 약속은 미끄러져

마음은 이미 굳게 서 있는데 머리는 늘 갈림길 앞에
이쪽일까 저쪽일까 저울 위에 선 내 하루

마치 균형 놀이 같아 한 발 내딛기조차 버거운 길
해마다 같은 말을 되뇌어도 끝내 남는 건 아쉬움뿐

하지만 이번 해만큼은 뒤돌아보지 않으려 해
뉘우침 없는 걸음으로 다짐 위에 나를 얹고

작은 첫걸음이 큰 다짐을 품을 때

느리더라도 참아내며 질기게 이어가 보려 해
나만의 길을 찾기 위해 숨 고르며 한 걸음씩

나는 오늘도 다시 스스로에게 말을 건다
흔들려도 멈추지 말자고
이렇게 또 한 번 굳게, 굳게 다짐한다

나를 위한 다짐

나를 위한 다짐을 했다.

버티기 힘든 싸움을 몇십 년간 해왔으니

이제는 나를 위해 애써 모른 척하던 다짐을 하기로.

이 다짐을 위해 천천히 마음을 담아 준비했다.

편지 몇 장, 숨겨놓은 약, 내 마음을 대변할 플레이리

스트.

마지막 정리를 위해 노트북 속 파일을 켜보니

쓰고 싶었던 이야기 소재가 한가득이었다.

하나하나 아끼고 소중했던 내 이야기가,

앞으로는 주인을 잃은 채 혼자가 될 생각을 하니

웃기게도 1달간 다짐했던 무너진 마음이 사르르 녹

았다.

그렇게 그날 밤, 나는 나를 위한 다짐을 했다.

작은 첫걸음이 큰 다짐을 품을 때

소중하고 사랑스러운 나만의 이야기를, 꼭 완성하
자고.

'다짐'이라는 말

'다짐'이라는 말은, 자신에게 말하는 가장 용기 있는 다정함이다.

그러기에 다짐 하나하나가 모두 소중하고, 응원할 힘이 있다.

'다짐'이라는 말은, 자신에게 칭찬할 수 있는 가장 힘이 있는 원동력이다.

그러기에 다짐은 누구도 함부로 판단할 수 없는 소중한 가치이다.

그러기에 나도 스스로에게 다짐해 보려 한다.

내 인생을 끝까지 책임지겠다고.

나를 사랑하기로.

내가 써 내려간 '다짐'의 뜻이 헛되지 않게 다짐하겠다고.

작은 첫걸음이 큰 다짐을 품을 때

조용히 밝아진 창가에서

문득 밝아진 창가에서 조용히 다짐을 한다.

어제와 크게 다르지 않지만, 미세하게 더 밝아진 창가는,

마치 새해가 밝아오는 것만 같았다.

나는 그 빛 아래에서 아주 작은 다짐 하나를 떠올린다.

새해가 오기 전, 먼저 움직임을 남기기 위해 나는 생각한다.

그 한 발은 소리 없이 바닥에 닿았고, 또한 소리 없이 앞을 향해 나아간다.

새해의 시작은 늘 이렇게 조용하지만, 어느 때보다 가장 빛나는 날일 것 같다.

오늘의 이 다짐이

아무 말도 하지 않은 채
한참을 바라보다가
괜히 숨을 고르는 습관이
오늘은 조금 달라.

지나간 시간 위에
쉽게 얹은 약속들
이번만큼은 가볍게
넘기고 싶지 않아.

확실한 미래를 아는 건
여전히 두렵지만
적어도 지금의 마음은
외면하지 않으려 해

작은 첫걸음이 큰 다짐을 품을 때

이건 크게 외치는 약속이 아닌

조용한 다짐

흔들리는 순간에도

도망치지 않겠다는 말

완벽하지 않아도

포기하지 않겠다는 것

오늘의 이 마음을

내일로 데려갈게

익숙해진 포기와

쉽게 고개를 젓던 날들

그 모든 나를 지나

여기까지 왔다는 게

조금은 느렸다는 걸

부정하진 않겠어

하지만 멈춰 있지는 않았다는 사실 하나면 충분해.

남들보다 늦을지라도 내 속도로 가면 언젠가는 닿을

거라 나를 믿어보려 해.

이건 누군가에게 보이기 위한 약속이 아냐. 나 스스로에게 남기는 작은 기록. 무너지지 않겠다는 말보다 다시 일어나겠다는 선택. 오늘의 이 다짐이 나를 지켜주길.

혹시 길을 잃는 날이 와도
스스로를 탓하지 않고
처음 품었던 이 마음을
다시 꺼내 볼 수 있게

이 다짐이 빛나지 않아도 괜찮아.
조용히 이어지는 하루 속에서 의미를 찾을 테니까.
서두르지 않고 비교하지 않으며 오늘의 나를 끝까지
데려가기로 해.

아무도 모르게 적어 둔 이 마음 하나,
그것으로 오늘은 충분해.

작은 첫걸음이 큰 다짐을 품을 때

마음에 남긴 다짐

괜히 서둘러 걷던 하루가
오늘은 조금 느려
아무 일 없던 표정 뒤에
마음만 앞서 있어

지켜내지 못한 말들이
자꾸 떠오르지만
이번만큼은
가볍게 넘기지 않으려 해

두려움이 사라지길
기다리는 대신
안고 가는 쪽을
선택해 보려 해

이건 누군가에게 하는

약속이 아니라

내가 나에게 남기는

작은 표시이기에

흔들릴 걸 알면서도

피하지 않겠다는 말

지금의 이 다짐을

잊지 않기로 해

여전히 서툰 마음이

나를 붙잡아도

예전처럼

돌아서지는 않아

조금 느리더라도

멈추지 않는 게

지금의 나에겐

가장 솔직한 선택이야

정답이 아니라도

지금 이 마음만큼은

작은 첫걸음이 큰 다짐을 품을 때

믿어보고 싶어

이 다짐이 빛나지 않아도
괜찮아
조용히 이어지는 날들 속에
의미를 둘게
비교하지 않고
서두르지 않으며
오늘의 나를
끝까지 안아 줄게

다짐의 그날

2024년의 다짐
2025년의 다짐
2026년의 다짐

하나둘 다짐을 새겨,
이룰까 고민해도.

X 하나의 다짐
X 하나의 다짐
O 하나의 단락

다이어리는 채워지고,
내 마음은 사그라드네.

작은 첫걸음이 큰 다짐을 품을 때

그걸 보는 너는 무슨 생각을 할까?

두려운 미래는 어쩔 수 없으니까.

다짐

갈대

아슬아슬 흔들리는 갈대
위태롭기도 해 보이는 갈대

언제 쓰러질까 불안해 보이지만
바람에 꺾일까 무섭기도 하지만
갈대는 꺾이지 않았다

사람들이 저건 꺾일 것이라고 말할 때마다
갈대는 더더욱 마음을 다잡았다

내가 꺾이면 비웃을 거라고
절대로 무너지지 않겠다고

2026년 새로운 다짐

시작은 틀리지만 마음을 다잡고
하면 될것이다

목표를 잡고 하면 쉽지 않지만
마음을 강하게 하면 어렵고 지치더라도
잘 견딜 것이다

투명한 거울에 '할수 있어' 라고 말하면서
자신을 믿어본다

내가 글을 쓰게 된 이유

어린 시절 나는 조용하고 혼자서도 잘 노는 아이였다.

책상 밑에 들어가 혼자 장난감을 가지고 4-5시간도 거뜬히 놀곤 하였다. 엄마는 그런 나를 딸 같이 키웠다. 덕분에 애교도 많고, 사랑받을 줄 알고, 줄 줄 아는 아이가 되었다.

초등학교에 입학하며 나의 성격은 조금 변하게 되었다. 신체가 조금씩 발달하며, 남성 호르몬이 분비되기 시작하였다. 뛰어놀며 공놀이를 하는 것에 매료되었다. 시도 때도 없이 축구가 하고 싶었고, 학교 수업이 끝난 이후에도 혼자 운동장에 남아 공놀이를 하였다. 얼굴은 까맣게 탔고, 덕분에 어느 정도의 남성성을 가졌다.

작은 첫걸음이 큰 다짐을 품을 때

운동을 잘하는 것은 학교에서 인기를 얻기에 충분한 장점이었다. 남자 친구들은 자연스레 나를 따랐고, 친구들과 땀을 흘리며 운동을 하고 뛰어노는 것만큼 재밌는 건 없었다. 그때쯤 우리나라가 2002 월드컵에서 4강에 갔기 때문에, 박지성 같은 축구선수가 되기를 꿈꿨다.

불행히도 나의 아버지는 축구선수 출신이셨다. '불행히'라는 말이 맞는지는 모르겠지만, 그때는 그랬다. 운동선수의 길이 얼마나 어려운지 누구보다 잘 알고 계신 아버지는, 나의 축구 사랑을 무척이나 못마땅해하셨다. 중학교 입학 전, 큰 결심을 가지고 아버지께 축구에 대한 꿈을 말씀드렸지만, 처참하게 거절당했다. 아버지는 나중에 시간이 지나면 알아들을 것이라고, 길게 나를 설득하시지도 않았다.

반항할 정도의 대담함도 없었기에, 평범하게 중학교에 진학했다. 축구가 더 이상 꿈이 아닌, 취미가 되었지만 여전히 재미는 있었다. 그때부터 공부와 성적이 좋은 학생을 판단하는 기준이 되었다. 그렇게 나는 공

부에 매진하게 되었다. 미친 듯이 공부했다고는 할 수 없었지만, 생각보다 성적이 잘 나왔다. 처음 봤던 시험이 전교 14등. 나는 그렇게 꾸준히 반에서 1-2등을 유지했고, 전교에서도 10등 안팎을 유지했다. 선생님들의 예쁨을 받았고, 친구 부모님들도 나를 좋아했다. 학교에서는 공부도 잘하고 운동도 잘하는 아이가 되었다. 그런 시선들이 나를 우쭐하게 했다.

그 시절 나의 꿈은 검사였다. 공부가 크게 어렵다고 느끼지 않았고, 충분히 가능할 것이라고 생각했다. 이상한 우월주의가 생겨, 나쁜 사람들을 심판하는 정의로운 검사가 되고 싶다는 생각이 들었다. 돈보다는 명예로운 어른. 그때 당시, 범죄 관련 영화를 많이 봤던 것 같다. 주위에서 나를 잘났다고 칭찬해 주니, 이 사회의 배트맨이 되고 싶다는 꿈을 꾸었나 보다.

고등학교에 진학하며, 내 계획은 다 틀어지고 말았다. 공부를 잘하던 친형은 이과 출신이었고, 문과에 가면 대학을 가기 어렵다, 취직하기 어렵다는 말로 나를 이과로 진학하게 했다. 이과로 진학하면서 자연스

작은 첫걸음이 큰 다짐을 품을 때

럽게 나의 검사에 대한 꿈은 접을 수밖에 없었다. 그렇게 꿈은 사라지고, 좋은 대학에 가는 것이 목표가 되어버리자, 방황의 시간이 찾아왔다. 공부를 잘하는 것보다, 친구들과 놀고 싶었고, 방황하고 싶었다. 그렇게 늦바람이 시작되자, 걷잡을 수 없이 추락했다. 꿈을 잃어버린 이에게 어떠한 자비도 없었다. 그렇게 추락하는지도 모르고 떨어져 보니, 절벽의 끝은 너무나 높았다.

　그렇게 대학생이 되었다. 공부를 안 했다고 하기엔 그래도 괜찮은 학교에 진학하였다. 인서울의 명문대학교. 공부한 것에 비해 엄청나게 좋은 학교를 입학했지만, 꿈이 없는 사람에게 만족이란 없었다. 만족하지 못한다는 것은 엄청난 불행이었다. 동기부여라는 것이 없기 때문이다. 그저 점수에 맞는 학교, 점수에 맞는 과에 진학하여 졸업을 위한 학교생활이 이어졌다. 그 과정에서 성실함이란 있을 수 없었고, 끈기란 것은 잃어버린 지 오래였다. 군대를 전환점으로 나아지기를 바랐지만, 복학생의 패기 또한 그리 오래가지는 않았다.

다짐

유학이라는 도피를 결정했다. 도피라기보다는 도전이었지만, '꿈'이라는 관점에서는 도피였다. 전혀 다른 장소에서 혼자 살면서 많은 경험을 했고, 삶에 대해 되돌아보는 소중하고 값진 시간이었다. 문제는 한국에 돌아와서 또다시 내 꿈이 아닌, 현실적인, 가족의 선택을 따랐다. 어머니, 아버지는 내가 공무원이 되길 원하셨고, 꿈이 없던 나는 다시 그 의미 없는 길을 택했다.

꿈과 의지가 없는 나는 성실할 수가 없었다. 단지 공부에 소질이 있었다는 이유로, 공무원 시험을 얕잡아 봤다. 그렇게 의미 없는 시간을 지내다 보니, 자존감이 낮아지고 결국은 합리화의 연속으로 괴로움을 피했다. 무기력감과 우울감의 언저리에서 다른 도전을 택했다. 전혀 다른 분야를 도전해 보는 것. 다양한 분야에서 일하고 있는 친구들을 한 명 한 명 만나 상담을 했다. 어떻게 그 일을 하게 됐는지, 어떤 마음이었는지, 만족도는 어떤지.

작은 첫걸음이 큰 다짐을 품을 때

무언가에 능동적으로 움직이고 생각한다는 것은 나를 변화하게끔 했다. 그렇게 마케팅 회사에서 일하게 되었고, 처음 하는 일이 쉽지는 않았지만, 돈을 번다는 것 자체만으로도 떨어진 자존감이 어느 정도는 회복되었다. 그 과정에서 꿈이 생기기도 하였다. 나만의 브랜드를 만들어 보는 것.

업계에서 일을 하다 보면, 창업과 스타트업이 얼마나 힘든지 더 잘 알 수 있었다. 그럼에도 브랜딩을 하고 싶었던 것은, 나름 더 잘할 수 있다는 자신감이 있었다. 회사를 위한 브랜딩이 아닌, 내가 만든 브랜드를 위해 일하고 싶다는 꿈을 꾸었다.

대단한 브랜드를 만든다기보다, 꾸준히 할 수 있는 브랜드를 만들고 싶었다. 목공과 가구를 좋아했던 터라, 가구 브랜드를 만들고 싶었다. 목공 일을 배우고, 마음에 맞는 디자이너와 함께 브랜딩의 처음부터 끝까지를 함께 하고 싶었다. 그렇게 막연하게 꿨던 꿈을 실현할 용기는 쉽사리 생기지 않았다.

마음대로 되지 않는 삶을 살아가며, 꿈을 꾸는 것이 무의미해지는 지경에 이르렀다. 마음의 불안과 우울은 삶을 하루하루 그저 살아내는 것도 버겁게 만들었다. 단지, 삶이 재미없고 우울하다는 게 아니라 아무것도 할 수 없을 만큼 무기력해졌다. 왜 씻어야 되는지, 왜 먹어야 하는지 이유에 대해서도 알지 못하고, 알기 싫어졌을 때. 그냥 무너진 시간을 혼자 버텨냈다. 관계를 신경 쓸 겨를도 없이, 나 자신을 돌보기 위한 처참한 시간이었다.

불안, 우울, 외로움과 싸우며 나름 파훼법을 찾았다. 병을 치료하기 위해서는 약을 먹어야 한다는 것. 잠을 자기 시작하니, 어느 정도의 체력이 생겼고, 체력이 생기니 무언가를 할 수 있게 되었다. 불안한 마음이 조금씩 안정이 되자, 주변에 털어놓을 힘이 생겼다. 털어놓는 것이 전혀 위로가 되지는 않았지만, 아무것도 안 하는 것보다는 나아짐이었다.

그러다 정말 아무 생각 없이 글을 쓰기 시작했다. 붕괴되어 길을 잃는 동안, 마음에 쌓인 응어리들. 쓰레

작은 첫걸음이 큰 다짐을 품을 때

기 같은 마음들. 비루한 삶에 대한 염환. 염세. 그 모든 것들이 고이고 썩어 지독한 냄새가 나고 있었다. 글을 통해 배설하는 행위가 마음에 들었다. 배설할수록, 머릿속의 생각들은 더 많아지고 복잡해졌지만, 적어도 내 안의 악취는 조금씩 개선되었다.

그러다 조금의 빛을 보았다. 나의 지독한 염세적인 생각과 따뜻함을 갈망하는 애원을 좋아해 주는 이가 있었다. 이제야 진정으로 마주한 나를, 갉아먹고 배출하는 행위를 담백하게 느껴주는 이들이 있었다. 나의 글을 기다리고, 공감해 준다. 내가 '글재주가 있나?' 하는 생각보다는, 나의 가시 돋친 언어를 공감해 주는 사람들이 있다는 것이 내게 힘을 주었다.

그렇게 하루하루 쓰다 보니, 수많은 글들이 쌓였다. 브런치 작가가 되고, 출간을 앞두고 있다. 무엇보다 가장 중요한 것은, 내가 질리지 않고 지치지 않고 재미를 느끼며, 능동적으로 하고 있다는 것이다.

　멋지고 대단한 글을 쓰는 베스트셀러 작가가 되어, 부자가 되고 싶다는 생각을 해본 적은 없다. 그저, 지금처럼 하루하루 내 생각들을 정제된 단어로 배출하고, 예쁜 마음으로 바꾸기 위해 노력하고 싶다. 내가 쓴 글, 단어 하나로 누군가가 내 생각을 공감하고, 누군가를 그리워하고, 생각을 하게 되고. 그 정도면 된다.

　그래서 지금 내 꿈은,

　그냥 부디 글 쓰는 것을 지치지 않고 꾸준히 해낼 수 있기를.

　그 글 안에서 나를 찾고, 조금 더 예쁜 마음을 담아낼 수 있는 사람이 되기를.

　그러다 결국엔 나 스스로 정말 마음에 드는 책을 한 권 쓸 수 있기를.

　죽기 전에 내가 쓴 그 책, 그 글을 사랑하며 삶을 추억할 수 있기를.

작은 첫걸음이 큰 다짐을 품을 때

오늘이라는 이름으로

오늘이라는 좋은 날에

행복이라는 단어를

입 밖으로 꺼낼 수 있음에 감사합니다.

오늘이라는 좋은 날에

사랑한다고 말할 수 있는

마음을 지니고 있음에 감사합니다.

오늘이라는 좋은 날에

밝은 햇살이 창을 두드리고

그 빛을 외면하지 않을 눈을

가지고 있음에 감사합니다.

오늘이라는 좋은 날에
이름 모를 들꽃 앞에서
잠시 걸음을 멈추고
바라볼 수 있는 여유가 있음에
감사합니다.

그리고 오늘이라는 좋은 날에
제가 여전히 살아 있음에
숨 쉬고, 느끼고, 흔들리며
이 하루를 건너고 있음에
참 감사합니다.

그래서 다짐합니다.
내일을 걱정하느라
오늘을 잃어버리지 않겠다고.

아주 작은 기쁨에도
고개를 숙일 줄 알고,
사소한 상처 앞에서도
스스로를 미워하지 않겠다고.

작은 첫걸음이 큰 다짐을 품을 때

말 한마디, 눈길 하나에도
조금 더 따뜻해지기를,
오늘의 나를
내일의 내가 부끄러워하지 않도록
살아가겠다고 다짐합니다.

오늘이라는 이 좋은 날에
감사로 시작해
다짐으로 남을 수 있도록.

다짐

누군가에게는

눈이 부시도록 찬란한 햇살이

오늘 하루를 버티게 하는 이유가 되고,

누군가에게는

지금 이 순간

숨을 쉬고 있다는 사실 하나만으로도

충분한 기적이 된다.

또 누군가는

사랑하는 사람을

품에 안을 수 있음에

하루를 감사로 마무리할 것이다.

작은 첫걸음이 큰 다짐을 품을 때

나는 안다.
우리는 서로의 하루를
모두 알지 못한 채
각자의 무게를 안고 살아간다는 것을.

누군가는 또 누군가를
부러워할지도 모르지만,
그 마음 너머에는
각자 견뎌온 시간들이
조용히 쌓여 있다는 것을.

그래서 다짐한다.
비교하지 않겠다고,
이미 가진 것을
가볍게 여기지 않겠다고.

지금 이 순간
살아 숨 쉬고 있음에
하루의 의미를 두고,
당연한 오늘을

다짐

당연하게 흘려보내지 않겠다고.

크지 않아도 괜찮은 기쁨에
고개를 숙이고,
평범한 하루 앞에서도
감사할 줄 아는 사람으로
살아가겠다고 다짐한다.

오늘을 살아낸 내가
내일의 나를 부르러 올 때,
조용히 미소 지을 수 있도록.

감사하며,
다짐하며,
이 하루를 살아가겠다고.

작은 첫걸음이 큰 다짐을 품을 때

기대해도 좋을 새날의 다짐

새날이라는 하얀 도화지가
눈 부신 빛을 뿜어내며
내 미래 앞에 펼쳐진다

나만의 빛으로
그 어떤 풍경보다 아름다울 길

누군가에게 위로와 희망이 되는 길
모든 발자국 하나하나가 빛나는 길

길가에서 만난 돌멩이 일지라도
그 돌멩이마저도 아름다움으로 승화하고
오히려 더 단단해질 양분이 될 것인
기대해도 좋을 나만의 길

심장이 뛰는 대로

마음이 속삭이는 대로

마음껏 걸어가겠다는 다짐

그 다짐 위로

내 마음이 향하는 곳에

삶은 아름다운 한 편의 시가 되고

그러니 기대해도 좋아

빛나는 멋진 내 새 날들을

작은 첫걸음이 큰 다짐을 품을 때

버킷리스트

새해가 다가온다.

매년 끝까지 쓰지는 못하지만

새해를 맞이해서 새로운 플래너를 구매했다.

첫 장에 글을 쓰기 시작할 때

설레고, 긴장된다.

혹시나 작심삼일이 될까 봐,

혹시나 스스로에게 실망하게 될까 봐,

괜히 신중해진다.

그렇지만 버킷리스트는 꼭 거창하지 않아도 된다.

완벽하게 지켜내지 않아도 괜찮다.

버킷리스트는 성취를 위해 있는 것이 아니라
내 하루를 돌아보고, 스스로를 조금 더 이해하는 데
의미가 있다.

다가올 2026년에는
책을 조금 더 읽고, 운동도 꾸준히 하고,
자신을 돌보는 시간을 가져야겠다.

이렇게 작은 다짐들을 매일 조금씩 실천하며
한 해를 차곡차곡 채워 가려 한다.

작은 첫걸음이 큰 다짐을 품을 때

새로운 징표

마음속으로 끊임없이
되새기며 다짐했었지만
그날이 점점 다가올수록
조금씩 희미해져 가고 있다

다짐으로만 끝나게 되는 걸까
더 이상은 돌이킬 수 없는 후회를
반복하지 않겠다고 했기에
지금부터라도 이젠
좌절하지 않겠다는 각오와
막다른 곳에 막히더라도
반드시 다른 곳을 찾아내겠다는
새로운 징표를 가슴에 새긴다.

在側(재측)

너를 사랑하겠다는 말을
지금 여기서 정리해 두려 해.

네가 무너질 때
세상이 등을 돌린 것 같을 때
가장 마지막까지
네 편으로 남아 있겠다고.

기쁠 땐 함께 웃고
슬플 땐 이유를 묻지 않고
곁에 앉아 조용히 숨을 나누겠다고.

사랑이 불안해질 때도
식어버린 것처럼 느껴질 때도

작은 첫걸음이 큰 다짐을 품을 때

도망치지 않고
다시 너를 선택하겠다고.

완벽하지 않은 너를,
완벽하지 않은 나로
매일 새로 사랑하겠다고.

그게 내가 할 수 있는
가장 솔직한
사랑의 다짐이야.

만약 내가

만약 내가 꿈을 이룬다면,
나는 누구보다 큰 사람이 될 거야

만약 내가 너를 만난다면,
나는 세상에서 가장 행복한 사람이 될 거야

지켜줄게, 모든 것들로부터,

약속할게,

만약 네가 내 앞에 나타난다면,
그 누구보다 사랑할 거라고

작은 첫걸음이 큰 다짐을 품을 때

새해 목표

올해는 꼭 다이어트에 성공해야지

올해는 꼭 일찍 자고 일찍 일어나야지

올해는 반드시 취업해야지

재작년도, 작년도, 올해도,
항상 같은 새해 목표

항상 하는 다짐,
항상 돌아오는 다짐

관공서의 직원과 작가로서
내 안의 다짐의 무게

인생은 다짐의 연속이다. 거창한 선언이 아니라, 하루를 살아내기 위해 마음속에 조용히 새기는 약속들 말이다. 아침에 눈을 뜨며 "오늘은 어제보다 조금 더 성실하게"라고 다짐하고, 저녁이 되면 "그래도 포기하지 않은 나"를 다독이는 것. 그렇게 인생은 수없이 많은 작은 다짐 위에 쌓여 간다.

중년의 언덕을 넘고 있는 지금, 나는 그 사실을 예전보다 더 또렷하게 느낀다.

젊은 시절에는 목표가 곧장 미래로 이어질 것이라 믿었다. 하지만 삶이란 그렇게 단순하지 않다. 많은 시행착오와 우여곡절이 있었다. 학교에서 배운 이론대로 전개될 거로 생각했다. 성실하게 열심히 살면 내 뜻대로 할 수 있을 거라 믿었다. 노력은 반드시 결과로 증명된다고 생각했다. 하지만 삶은 생각보다 복잡

작은 첫걸음이 큰 다짐을 품을 때

했고, 성실함만으로는 설명되지 않는 굴곡들이 있었
다. 그런데도 나를 여기까지 데려온 것은 결국 '다짐
을 거두지 않는 태도'였다. 무너질 때마다 다시 세웠
고, 포기하고 싶을 때마다 마음을 추슬렀다. 인생은
그렇게, 다짐을 포기하지 않은 사람의 편으로 조금씩
기울어 왔다.

 현재 나는 관공서에서 지역사회를 섬기는 일을 한
다. 누군가의 삶을 한 번에 바꾸는 일은 아니다. 하지
만 하루하루 주민들의 불편을 듣고, 제도를 설명하고,
연결해 주는 이 일은 생각보다 깊은 의미를 지닌다.
행정이라는 이름 아래 반복되는 업무 속에서도, 나는
사람을 만난다. 어르신의 느린 말속에 담긴 불안과 기
대를 듣고, 경력 단절 여성의 조심스러운 질문에서 다
시 시작하고 싶은 용기를 본다.

 이 일을 '업무'가 아니라 '섬김'으로 받아들이기로
다짐한 순간부터, 나의 일상은 조금 달라졌다. 피로
속에서도 이유를 찾게 되었고, 버거움 속에서도 보람
을 발견하게 되었다. 중년의 삶은 젊을 때와 다르게,
화려한 성취보다 태도의 무게를 묻는다. 얼마나 더 올
라갈 수 있는가보다, 어떤 마음으로 하루를 견디는가

가 중요해진다. 그래서 나는 지금의 자리에서 최선을 다하는 것을 하나의 다짐으로 삼고 있다. 대단한 사람이 되기보다는, 필요한 사람으로 남고 싶다는 마음. 그것이 나를 오늘도 관공서의 책상 앞으로, 주민을 향한 자리로 이끈다.

그러나 나의 인생이 이 자리에서만 머무르기를 원하지는 않는다.

내 안에는 오래전부터 사그라지지 않는 또 하나의 다짐이 있다. 바로 '작가로 살아가고 싶다'라는 마음이다. 글을 쓴다는 것은 나에게 단순한 취미가 아니라, 삶을 해석하는 방식이다. 글을 쓰며 나는 나 자신을 이해하고, 세상을 정리한다. 흩어진 생각들이 문장으로 엮일 때, 비로소 삶의 의미가 또렷해진다. 매일 밤 하루를 마치고 일상을 되돌아보면서 남기는 일기 속에서 나 자신을 만난다. 하루 동안 가졌던 생각과 감정들을 활자화하면서 정리되고 해소되는 과정을 가지고 있다. 그 속에서 치유와 회복의 시간을 만끽하고 있다. 내가 글을 쓰는 건 내가 살고자 하기 위함이다. 글을 쓰면서 나는 존재한다. 책을 좋아한다. 매일 새로운 책들이 나의 삶에 자극제이자 윤활유이다. 사

작은 첫걸음이 큰 다짐을 품을 때

람은 끊임없이 새로운 생각과 아이디어를 만나야 한다. 책은 어떤 매체보다도 나에게 지식과 정보를 주는 도구이다. 이런 책을 나는 사랑한다. 그래서 독자에게 하고 싶은 메시지가 있어서 책을 내었다. 지금도 내 안에는 독자에게 하고자 하는 말이 샘솟고 있다. 나는 계속해서 글을 쓰고 싶다. 독자와 만나고, 책이라는 형태로 내 생각을 세상에 내놓고 싶다. 더 나아가, 책을 내고 싶어 하지만 방법을 몰라 망설이는 이들에게 길을 보여주고 싶다. "당신의 이야기도 충분히 책이 될 수 있다"라고 말해 주는 사람이 되고 싶다. 그것은 단순한 기술 전달이 아니라, 한 사람의 삶을 존중하는 일이라고 믿는다. 그래서 이 길을 '사명자의 길'이라고 부른다. 결과보다 과정에 충실하고, 숫자보다 사람을 먼저 생각하는 길이기 때문이다. 물론 두려움이 없는 것은 아니다. 글이 돈이 되지 않을 때의 허탈함, 아무도 읽어주지 않을지 모른다는 불안, 이미 잘하는 사람들 사이에서 내가 설 자리가 있을지에 대한 의문도 있다. 하지만 나는 이제 안다. 다짐이란, 확신이 있어서 시작하는 것이 아니라 흔들리면서도 놓지 않겠다고 결정하는 것이라는 사실을. 첫걸음은 늘 미약하지

다짐

만, 그 미약함을 받아들이는 용기가 인생을 앞으로 나아가게 한다. 그래서 나는 지금, 다시 한번 다짐한다.

지역사회를 섬기는 행정의 자리에서 성실함을 잃지 않겠다고. 동시에 작가로 사는 삶을 미루지 않겠다고. 완벽한 때를 기다리지 않고, 지금의 나로 쓰기 시작하겠다고. 이 다짐은 누군가에게 보여주기 위한 선언이 아니라, 나 자신에게 건네는 약속이다. 내일에 나는 또 다른 민원인과 예비 작가들을 만나고 있을 것이다. 그런 나의 삶이 가치 있고 행복하다. 살아 있다는 생동감을 만끽한다. 내가 쓴 책들이 어딘가에서 있을 독자들과 만난다는 사실이 나의 가슴을 뛰게 한다. 원고를 쓸 때는 항상 나 자신과의 싸움이다. 이 작업을 끝까지 마칠 수 있을까 하는 의구심을 가지게 된다. 하지만 이내 목적지에 도달해 있는 나를 발견한다. 창작의 고통은 이후 결과물이 나와서 독자들과 만나는 기쁨에 비할 바가 아니다. 계속해서 쓰면서 독자들과 소통하기를 원한다. 때로는 바보처럼 글쓰기를 하면서 무슨 부귀영화를 누리겠다고 이러고 있냐는 한탄과 자조가 내 안에서 올라온다. 하지만 나는 다시금 마음을 다잡고 내 안에 창작의 갈망을 끄집어낸다.

작은 첫걸음이 큰 다짐을 품을 때

그렇다. 나는 독자들과 만남을 통해서 살아있음을 느끼게 된다. 쓰고 있을 때 살아 있다는 생동감이 나를 지배하게 된다. 이런 경이로운 경험을 계속하고 싶다. 비록 그 결과물이 비천하고 초라할지라도 계속 나아가고 싶다. 그게 내 안에 2026년을 앞둔 다짐이다. 한 걸음 한 걸음 꾸준하게 걷고 싶다. 인생은 결국 다짐의 연속이다. 그리고 그 다짐들은 어느 날 갑자기 기적처럼 열매를 맺기보다는, 조용히 그러나 확실하게 사람을 바꾼다. 오늘의 나를 조금 더 단단하게 만들고, 내일의 선택을 조금 더 용기 있게 만든다.

중년의 지금, 나는 그 사실을 믿으며 다시 한 걸음을 딛는다.

내 삶을 끝까지 나아가겠다는 다짐

삶은 늘
예고 없이 균형을 무너뜨린다
잘 가고 있다고 믿던 날에도
아무렇지 않게 바람은 방향을 틀고
마음은 가장 약한 곳부터 흔든다

그럴 때마다 나는
내가 왜 여기까지 왔는지를
자주 잊어버린다
처음의 다짐은 멀어지고
현실의 무게만 또렷해진다

돈이 되지 않는다는 말
쓸모없다는 시선

작은 첫걸음이 큰 다짐을 품을 때

혼자만 제자리에 서 있는 것 같은
그 묘한 고립감 앞에서
멘탈은 쉽게 무너진다

하지만
무너진다는 것은
끝이 아니라
다시 세울 수 있다는 증거임을
나는 여러 번 배워왔다

포기하고 싶을 때마다
내 안에서 아주 작은 목소리가
끝내 사라지지 않고 남아 있었다
"그래도 너는 이 길을 선택했잖아"

사명감은
불타오르는 열정이 아니라
떠나지 않는 책임에 가깝다
잘될 때보다
아무도 보지 않을 때

다짐

더 선명해진다

누가 알아주지 않아도
결과가 늦어도
오늘 해야 할 한 줄을 쓰는 일
그것이 나의 다짐이자
내가 나를 지키는 방식이다

멘탈이 흔들릴 때마다
나는 다시 묻는다
지금 이 순간에도
이 길을 걷겠는가

그리고 매번
완벽하지 않은 목소리로
조용히 대답한다
그래도 나는 간다

속도가 느려도
방향만은 놓치지 않겠다고

작은 첫걸음이 큰 다짐을 품을 때

불안 속에서도
펜을 내려놓지 않겠다고

삶이 나를 시험할수록
나는 더 깊이 다짐한다
이 길이 쉽지 않다는 이유로
사명이 가벼워지지는 않는다고

오늘 흔들렸다면
오늘만큼은 더 단단해질 차례
넘어졌다면
그 자리가 바로
다시 시작하는 지점이라는 것을

끝까지 간다는 것은
항상 강하다는 뜻이 아니라
매번 다시 선택한다는 뜻임을
나는 이제 안다

그래서 내일도
다짐 하나를 품고
묵묵히 나아간다
흔들려도
멈추지 않겠다는 다짐으로

끝까지
나 자신에게서
도망치지 않겠다는
조용하지만 가장 무거운 약속으로

작은 첫걸음이 큰 다짐을 품을 때

멍멍

오늘도 술을 마시면 내가 개다.

그렇게 의미 없는 다짐을 또 입에 올렸다.

그렇게 힘들어했으면서.
그렇게 후회했으면서.

창가 너머로 노을이 비칠 때쯤 깨달았다.

엉덩이 뒤에 이미 꼬리가 달려있다는 사실을

첫발을 내디뎠을 때의 다짐

처음 하는 일들이 많았다. 작가가 된 것도 처음, 결혼도 처음, 살림도 처음, 사회생활도 처음첫발을 내디뎠을 때 난 강해지기로 마음먹었다.

20대 후반에 결혼하면서 남편과 안 싸우고 사이좋은 부부가 되기로 다짐했고, 아이를 일찍 낳아 다 키워놓고 여유로운 생활을 하기로 결심했다. 하지만 내 마음 같지 않았다. 사람의 인생은 계획대로 되지 않는다는 말이 들어맞았다.

9년 동안 살면서 아이는 4번이나 하늘나라로 갔고 병원에 다니는 기간은 자꾸 늘어갔다. 원하는 아이가 생기지 않으니 남편과 날 선 말과 비난으로 서로에게 상처를 주는 날이 많아졌다. 주변 지인들의 호기심과 도를 넘는 질문들에 더 싸우는 일도 많았다. 2세 문제만 아니면 예민해질 일이 거의 없었다.

작은 첫걸음이 큰 다짐을 품을 때

　결혼식 날 "신랑 신부는 평생 서로만을 바라보며 이해해 주고 아끼며 살 건가요?"라는 주례 선생님의 말씀에 씩씩하게 "네"라며 대답했다. 둘이 함께 첫발을 내디디며 다짐했던 일들이 9년이란 시간 동안 많이 무너졌다. 새해에는 더 다짐을 지키기 위해 서로 노력해야겠다.

가면이 아닌 표정을

장 보드리야르(Jean Baudrillard)가 제시한 개념 시뮬라르크. 원본 없는 복제. 더 이상 실재를 반영하지 않는, 현실을 모방하지만 실제와 다르거나 왜곡된 이미지나 표현을 말한다. 그리고 현대 사회에서 가장 빠르게 시뮬라르크화 되는 것은 어쩌면 인간의 표정이 아닐까. 들뢰즈(Gilles Deleuze)에 의하면 표정은 감정이 아닌 기호. 따라서 어쩌면 표정은 몸에서 가장 먼저 분리되어 기호화되는 것으로 정리할 수 있겠다.

인간의 표정은 우리의 대뇌와 안면 근육을 거쳐 갖가지 모양을 만들어내지만 결국 그것은 짧게는 몇 초 길게는 몇 분 동안 아주 짧게 머물다 간다. 나의 것이지만 타인의 전유물인 것. 내 귀에 스치는 상대의 속삭임에 따라 찌푸려지기도 하고, 맑게 펴지기도 하는,

작은 첫걸음이 큰 다짐을 품을 때

그래서 한 치 앞도 알 수 없고 매 순간 신경 쓰게 되는 것. 그것이 표정이다.

 나는 유독 표정에 대한 강박이 있었다. 인상 자체가 순하게 생긴 편이어서일까. 어릴 적부터 사람들은 나를 만만하게 보는 경향이 있었다. 눈이 남들보다 처진 편이고 동그란 볼과 코끝은 좋게 말하면 어려 보이는 얼굴의 표본이었지만 부정적으로 말하면 만만해 보이는 인상을 지닌 얼굴이었다. 따라서 내가 아무 표정도 짓지 않은 순간에는 아주 둔헤 보였나 보다. 어른이 되고 사회생활을 시작하면서부터 유독 처음 보는 사람들에게 무례함을 느끼는 일들이 많아지기 시작했다. 그때부터였다. 내가 표정을 조작하여 가면 쓰기를 자처하기 시작했던 것이. 초식동물인 기린이 공격을 피하고자 목을 늘리고 고양이가 사람으로부터 생존하기 위해 사람 아기의 울음소리와 비슷한 데시벨의 울음소리를 조작하여 내기 시작한 것처럼 나는 언젠가부터 표정을 조작하기 시작했다.

 표정은 내가 보는 것이 아닌 남이 보는 것이라는 점에서 문제가 시작된다. 남만 볼 수 있는 것이기에 나

다짐

는 여전히 내 표정의 실제를 알 수 없으며 그 사실은 나에게 조금의 피로감을 선사한다. 내가 아닌 남을 위해 친절한 웃음을 지어 보이고 남으로부터 나를 지키기 위해 으르렁거리기도 한다.

 우선 처음 만난 이가 있다면 코끝에 힘을 준다. 코끝에 힘을 주면 팔자주름이 생기면서, 나름 불만스러운 것이 있다는 것처럼 오묘한 표정이 만들어진다. 거기에 눈까지 힘을 주어 최대한 동그랗게 눈을 치켜뜬다. 그리고 입꼬리는 조금의 친절을 담아 최대한 끌어올린다. 그러다 그 사람을 두 번째 만나는 날부터는 상대가 경계 대상이 아니라는 것이 확인되었다는 전제하에 더 이상 코끝에 힘을 주지 않는다. 다만, 눈에 힘을 주는 것은 유지한다. 친절과 명랑한 분위기를 유지해야 한다는 강박 때문일까. 아무렴, 이것은 나의 표정 습관이다. 습관은 나의 시그니처가 되고 나를 알리는 시그니처는 나에 대한 이미지를 좌우한다. 그리고 이 이미지에 집착하기 시작하면 이것을 강박이라 부르며, 점점 나는 내가 아닌 가면을 쓰고 살아가게 되겠지. 그렇다. 이것이 나의 신년 다짐에 대한 문제의식의 출발점이다.

작은 첫걸음이 큰 다짐을 품을 때

언젠가부터 진짜 내가 아닌 가면 속에 사는 기분. 아마 모든 현대인이 느껴봤을 것이다. 우리나라에서 가장 성황리에 공연되고 있는 뮤지컬조차도 <지킬 앤하이드>가 아닌가. 가면 속에 살아가는 사람을 풍자하는 내용이 담긴 뮤지컬이 흥행하는 이유는 그 공연의 넘버가 매력적이어서도 있겠지만 아마 많은 사람이 뮤지컬의 내용에 공감하기 때문이 아닐까. 악한 행동을 하는 자가 선한 표정을 하고 선한 행동을 하는자가 악한 표성을 할 수 있는 세상에서 선악을 구별할 수 없으니, 표정은 위선의 도구일지 모르겠다.

한 가지 분명한 것은 나의 모습을 감추는 가면이 오래될수록, 살갗과 붙어있는 시간이 길어질수록 떼 내려 할 때 통증을 느끼게 된다. 그리고 새로운 가면일수록 쉽게 떼어지지만 나의 진짜 얼굴을 들키기 십상이다. 나의 경우에도 사회생활을 하며 기쁘지 않아도, 좋지 않아도, 심지어는 불쾌함을 느껴도 활짝 웃고 있는 가면을 쓴 지 하도 오래되어 내 진짜 표정을 찾을수가 없다.

오래간만에 뵌 부모님께서 나의 안부를 확인하시는어쩌면 가장 명확한 지표 역시 표정일 것이다. 딸의

다짐

입꼬리가 위로 올라가 있다면 좋은 상태로, 그 반대라면 고민이 삶에 고민이 많다는 상태로 이해하신다. 그런데 사실 입꼬리에 힘을 주고 웃고 있을 때가 가장 힘들 때일 수도 있다는 것을 사람들은 미처 알지 못한다. 사실 알 수가 없다. 상대 내면의 소리를 들을 수 없기 때문이다.

 내가 생각하기에 가장 편안한 상태는 사실 입꼬리도 처지고 눈꼬리도 쳐진 표정을 짓고 있을 때이다. 중력에 의해 우리의 눈,코,입은 아래를 향하는 것이 맞다. 우리가 잠을 잘 때 웃고 있지 않은 것처럼 말이다. 웃음을 짓는 일은 사실 중력을 거스르는 일이고, 중력을 거스르는 것은 에너지가 소비되는 일이다. 따라서, 나를 웃게 하는 무언가가 있다면 그것은 중력을 거스른 기적이며 축복이다. 그리고 그것은 가끔 중력을 거스르는 노동이 되기도 한다. 웃을 일이 없는데도 웃고 있는 것은 사실상 끝없는 노동 상태에 있는 것이며 그것은 내면의 소모를 갉아먹는 일과 같다.

 결국, 나의 이미지를 좌우하는 가면, 아주 잠시 내 얼굴에 머물다 떠나는 가면. 나는 이 가면을 내려놓으려 한다. 나의 감각을 따르려 한다. 타인을 위한 웃음이

작은 첫걸음이 큰 다짐을 품을 때

아닌 나를 위한 눈물을 흘릴 것이다. 표정은 자율신경계에 신호를 보내기도 하여 우리의 심박수에 관여하기도 한다고 한다. 그만큼, 표정을 짓는 일은 나를 뒤흔드는 일이다.

 아, 물론 무례하게 굴겠다는 것은 아니다. 사회생활을 그만두겠다는 반항도 아니다. 단지, 나를 잃게 만드는 가면을 잠시 내려두고 진짜 나를 위한 주름살을 구기겠다는 나의 솔직한 다짐일 뿐이다. 새로운 해에는 정말 자연스럽고 편안한, 그야말로 나다운 그런 표정을 지으며 아침을 맞아보려 한다. 그것이 부정적인 표정이어도 상관없다. 그것이 정말 '나'라면 뭐든 다 된다. 이 글을 쓰는 지금, 알 수 없는 웃음이 난다. 입꼬리가 올라가고 심장 박동은 묘하게 빠르다. 그래, 나는 지금 표정을 짓고 있다. 가면이 아닌 표정을.

다짐

올해의 끝에서 다짐을 외치기 전
올해의 시작에서
사랑하는 이들을 향해 외쳤던 나의 바람들을 꺼내 적
어본다.

사랑하는 모든 이들에게,

새해가 밝았습니다.
그대의 삶에
찾아오는 슬픔은 적당히 슬프고
짜증 나는 것도 적당히 짜증 나며
운이 없어도 적당히 불운하여 운이 좋지 않다고 느끼
지 않을 정도로만 운이 없기를.
그리고 부정적인 감정은 늘 그대가 너무 아파 잠 못

작은 첫걸음이 큰 다짐을 품을 때

들기 전까지만 부정적이기를 바랍니다.

기쁨은 그 누구보다 크게 느끼며
웃음소리는 누구보다 호탕하여 주변을 밝혀주고
귀여움은 세상 그 어떤 존재보다도 귀여워 많은 사랑
을 받기를.
예쁘다고 느끼는 것 역시 그대의 가까이에 있어 살아
가는 것이 황홀하다고 느끼기를.
마음의 여유도 넘치다 못해 터져 나오고
행복도 세상에서 가장 행복하기를 바랍니다.

나의 부족한 필력이 그대의 모든 액땜이 되어
긍정적인 것은 모두 그대에게로
이 글자 하나하나가 그대를 지키는 용감무쌍한 용사
가 되어
그대가 어디에 있든 어디에서 무엇을 하든
보호막이 있는 것과 같은 든든함을 느끼기를.
아, 무엇보다 매일 떠 있는 하늘의 별이 그대를 비추
고 있다는 사실을 잊지 않기를 바랍니다.

다짐

2025년 1월 1일
당신을 사랑하는 어떤 이로부터

 이 글은 올해 초, 내가 사랑하는 사람들에게 적은 편지에 실었던 나의 무수한 바람들이다.
문득 올해 초를 회상해 본다. 이 편지를 적던 날은 사랑과 사람에 대한 희망이 가득했지만, 두려운 것도 너무나 많았던 그런 시기였다. 쉽게 말하면 불안함이 나를 지배하던 때.

 이상하게도 참 두렵고 힘들던 시기에는 유독 타인의 힘듦이 눈에 띈다. 적어도 나는 그런 유형의 사람이다. 나 하나 챙기기도 버거운 상황에 무슨 오지랖인 건가 싶다가도 타인의 눈가에 번진 걱정과 번뇌를 마주하면 그 일이 도무지 남 일 같지 않아 함께 짊어지려 한다. 그러다 신기하게도 나 자신이 살만할 때는 타인의 힘듦도 눈에 잘 들어오지 않는다. 누군가 내게 편협하고 단순한 사람이라 말해도 할 말은 없다.

 참 단순한 나란 사람은 그날도 사랑하는 누군가의

작은 첫걸음이 큰 다짐을 품을 때

힘듦에 나의 힘듦을 기대어 편지를 써 내려가고 있었다. 처음엔 단순히 안부를 묻는 편지였다. 안부에 사랑이 더해지니 관심이 되었고, 관심을 표하다 보니 사랑하는 이가 행복하기를 염원하는 기도문이 되어버렸다.

그러다 알게 되었다.

이 기도문은 사랑하는 사람을 위한 바람이기도 하지만 나의 간절한 바람이기도 하다는 것을.
누군가가 나에게 이런 말을 해주기를 기다리고 있었다는 것을.
그러다 아무도 나를 위한 기도를 해주지 않자, 편지에 기대어 내게 필요했던 말들을 적어 내리고 있었다는 것을.
알고 보면 나에게도 이런 다정한 말들이, 응원이, 그리고 사랑이 필요했다는 것을.
그러니 이것은 편지를 빙자한 나의 S.O.S.

이 모든 사실을 다행히도 새해의 첫날에 깨달았다.

다짐

그때부터 나는 타인을 위해 적었던 예쁜 기도들을 나
에게 읊어주기 시작했다.
적어도 나만큼은 나란 사람에게 다정한 글자들을 소
리 내 읽어주기로.
그렇게 다짐했다.

　물론 실천하기 어려웠던 때도 있었다. 히스테리가 발
동될 때면 괜스레 짜증이 폭발하여 못난 말도 나가는
날도 있었다. 그러나 한 해의 끝에서 올해를 돌이켜보
면 결국 타인을 위해 적기 시작했던 나의 S.O.S가 나
를 살린 것은 분명하다. 나를 조금 더 아끼게 해주었
다. 슬픔에 빠져있기에는 아까운 사람이라고 느끼게
해주었고 기쁨을 느끼기에 충분한 자격이 있는 사람
이란 것을 때때로 인지하게 해주었다.
　그러니 나는 새해의 시작 앞에서 다시 한번 다짐해
보려 한다.

　내가 적은 나의 바람들이 나와 내가 사랑하는 사람
들에게 적용될 수 있도록,
나 자신에게 다정해지기로.

작은 첫걸음이 큰 다짐을 품을 때

나를 위한, 선하고 다정한 말들을 건네주기로.
그렇게 다짐한다.

p.s 누군가 나의 바람들을 읽으며 잊고 지내던 스스
로에 대한 다정함을 다짐하는 시간을 가진다면 더할
나위 없이 기쁘겠습니다. 스스로에게 소리 내 읽어주
세요.

태어날 다짐

안녕. 엄마에게 편지를 쓴다. 편지는 보통 생일이나 연말 같은 행사 때, 혹은 직접 마주하기보다 글로 전하고 싶을 때 쓰는데. 가족에게 쓰는 편지는 주로 후자가 된다. 내가 원하는 나의 모습이 아닌데도 집에서는 자꾸만 무뚝뚝한 딸의 모습이 되는 것 같아 반성하게 된다.

며칠 전 엄마에게 물었지. 죽고 나서 다음 생이 있다면 또 태어나고 싶냐고. 엄마는 싫다고 했어. 지금 생도 재미가 없다고. 그래서 또 태어나고 싶지 않다고.

조금 놀랐지만 아닌 척했어. 그리고 사실 크게 놀랄 일은 아니었어. 평소 집에서 엄마는 삶이 재밌다고 말할 것 같은 모습은 아니었으니까. 나도 늘 봐왔으니까. 그래도 엄마, 우리 매일매일 집에서 같이 웃고 있어. 난 엄마랑 같이 웃을 때 즐거워.

어릴 때 나는 할머니와 할아버지가 돌아가시면 나도 따라 죽을 다짐을 했었다. 이 얘기를 하면 다들 웃었지만 나는 진지했다. 진심이었다. 그들의 죽음을 받아들일 자신이 없었고, 그들 없이 살아가고 싶지 않았다. 할머니와 할아버지는 그 시절 나에게 가장 안락한 울타리였다.

그들과 함께 있으면 세상에 두려울 것이 없어 그 순간이 마냥 영원할 것처럼 느껴졌다.

그래서 그들과 헤어질 때마다 내 세상이 무너지는 슬픔에 눈물을 흘렸다. 기차 안에서 우는 나에게 숙모는 헤어짐이 있어야 만남이 있는 거라고 하셨지만, 나는 헤어짐 없이 만남만 계속 있길 바랐다. 그 시절 나에게 가장 두려운 것은 헤어짐이었다. 사랑하는 사람과의 이별.

부재. 사랑하는 사람이 죽을까 봐. 나를 떠날까 봐 두려웠다. 이 두려움 때문에 삶을 두 번은 살고 싶지 않았다.

그리고 여전히 그렇다. 그 두려움에 먼 미래를 걱정하느라 잠 못 드는 밤이 많다. 하지만 달라진 것은, 그들을 따라 죽지는 않을 것이라는 거다. 어릴 적 나와 지금의 내가 달라진 것은 무섭고 슬퍼도 받아들일 수 있게 된 것이다. 무서운 걸 무서워할 수 있고 슬픔을 슬퍼할 수 있게 되었다. 내 삶을 살아갈 것이다. 기억하면서, 슬퍼하면서, 웃으면서, 여전히 사랑하면서.

다행히 지금 모두 건강하시다.

엄마. 지금의 내 짧은 생각과 상상력으로 미래를 넘보는 건 불가능한 일이겠지. 하지만 만약에 다음 생이 있다면, 그래서 우리가 다시 태어난다면, 나는 엄마랑 또 웃고 싶어. 우리가 어떤 사이일지 모르지. 무슨 얘기를 하며 웃을지도 모르고. 하지만 엄마가 훗날 또 태어날 다짐을 하게 된다면 나도 또 태어날 거야. 엄마랑 한 번 더 인연을 맺고 어떤 형태로든 옆에 있고 싶어. 어쩌면 그렇게 이번 생에서도 만난 것인지 모르지. 내가 엄마에게 좋은 인연이 면 좋겠다.

작은 첫걸음이 큰 다짐을 품을 때

우선 우리 이번 생에 더 오래 같이 있자. 더 많이 웃자. 그리고 멀고 먼 훗날에 또 만나길 벌써부터 기도해. 내가 성격이 급한 탓이야.

이만 줄일게. 내일 점심에 맛난 거 먹자.

다짐

오늘 다짐

폭풍우가 휘몰아치듯

인생 항해가 광풍 속에 흔들릴지라도

아주 엎드러지지 않도록 물살을 타고 가보련다

결단코 넘어지지 않으리라는 꼿꼿한 힘에

도리어 일어설 기회조차 잃을까

차라리

불어온 바람에 몸을 맡겨 보기로 한다

뒤엉켜 묻혀버리듯

인생 광야에 사방으로 둘러싸일지라도

절망의 모래에 갇히지 않도록 바람 아래 낮추어 보련다

작은 첫걸음이 큰 다짐을 품을 때

반드시 이기고야 말리라는 우악스런 고집에
혹시 있을지 모를 구름 기둥 놓칠까

오히려
바람을 타고 주어진 오늘을 살아내기로 한다

살아내기로 했다

10월 14일. 39주 4일 되는 날이었다. 7시까지 병원에 들어가기로 한 날이다. 3주 전쯤 주치의가 물었다. 유도 분만 할 의향이 있는지. 복중 태아가 주수보다 작기도 했고 아직 시간이 있으니 아기에게서 신호가 올 때까지 기다리고 싶다고 했다. 예정일이 다가오는데도 별다른 증상이 없자 담당 주치의가 예정일 주간 진료 첫날 첫 시간에 유도 분만을 위한 스케줄을 잡았다.

13일 월요일 오후 4시쯤부터 배가 아프기 시작했다. 아이 둘을 출산한 경산모였지만 한 번도 자연 진통을 겪은 적이 없었기 때문에 처음에는 진통이 시작되는 줄 알았다. 그런데 간격을 두고 진행되어야 할 진통의 양상과는 다르게 아랫배가 아팠다.

작은 첫걸음이 큰 다짐을 품을 때

　출산 후 아이들 돌봐주시기 위해 올라오신 시어머
님께 양해를 구하고 방에 들어가 누웠다. 진통이라고
하기에는 뭔가 불안하고 불편한 통증이 점점 심해졌
다. 어린이집 하원한 아이를 그냥 모른 척할 수 없어
서 간신히 몸을 일으켜 맞이해주고 쇼파에 앉았는데
그것조차 너무 힘들었다. 다시 방으로 들어가 퇴근한
신랑에게 화장실이 가고 싶다며 겨우겨우 몸을 일으
켜 선 순간. 다리 아래로 양수가 터졌다고 하기엔 너
무 많은 양의 출혈이었다. 급히 119를 부르고 분만 산
부인과로 가 달라는 요청까지 했는데 메뉴얼 때문에
거절당했다. 구급차 기다리는데 15분 가량 베드에 실
려 내려가서 탑승하니 구급대원이 그제서야 내가 갈
수 있는 산부인과 콜을 돌리고 있었다.

　만삭인 배는 왼쪽으로 심하게 쏠려 있었고 출혈도
계속되는 상황 복중 태아의 상태를 알 수가 없어 1분
1초가 위급한 상황인데, 진료 가능한 가까운 병원 찾
아 전화하느라 또 시간이 흘렀다. 그냥 빨리 분당으로
가주시면 안 되는지 사정했지만 가장 가까운 병원으
로 가야 하는 메뉴얼 때문에 안된다는 대답. 다시 생

287
다짐

각해도 그 메뉴얼은 정말 납득하기 어렵다. 첫 신고 상태·상황을 설명했으니 이동 중에 가능한 병원을 콜 하고 도착했어야 하는 게 맞는 것 아닌가 싶다. 그날 경험해 보니 알겠더라. 이렇게 골든 타임을 놓치기도 하겠구나 하고 말이다.

가을비가 내리는 금요일 저녁 6시. 도로는 러시아워의 절정이었다. 1시간 넘는 예정된 시간보다 10분 정도 앞당겨 도착해 휠체어를 타고 바로 분만실로 들어갔다. 이미 전화를 받고 나를 기다리고 있던 의료진. 그날 분만실은 그야말로 아수라장이었다.

분만실 베드에 눕자마자 간호사 선생님의 내진 직후 4cm 열렸다는 얘기를 들었다. 그런데 바로 이어서 당직의가 다시 들어와 내진을 하더니 "ER!!" 그리고는 간호사 선생님들이 여기저기서 정신없이 오고 간다. 상황 파악 안 된 나는 "저 자연분만 못 하나요?, 저 수술 안할건데요. 저 왜 수술 하나요~?" 연거푸 질문을 쏟아냈지만 누구 한 사람 대답해 주는 이 없었다. 그 정도로 위급한 상황의 응급 제왕절개로 분만

작은 첫걸음이 큰 다짐을 품을 때

에 들어갔다.

'태반조기박리' 유도 분만을 12시간 앞두고 내게 일어난 위급 상황 이유였다. 아기에게 혈류와 영양을 공급하는 태반은 출산 후 아기가 태어난 이후에 떨어져 나와야 한다. 그런데 나는 아기가 아직 복중에 있는데 태반이 먼저 떨어져서 아기에게 혈류 공급이 안 되는 상황이었던 것이다. 나중에 주치의에게 들어보니 태아・산모 사망률 1위에 꼽히는 응급이라고 한다.

"이제 수술 들어가는데 제가 손을 쓸 수 있을지 없을지 들어가 봐야 알 수 있습니다" 수술실에 들어가면서 대기 중인 신랑에게 당직의가 남긴 말이다. 분만실 밖에서 기다린 우리 신랑. 수술 진행되는 동안 어떤 마음이었을지 나는 수술실에서 신랑은 밖에서 지옥 끝에 매달려 있었다.

보통 제왕절개는 아기를 꺼낸 후 산모를 수면 마취시킨 후 마무리를 한다. 하지만 나는 반나절 안되어 작게 한입 베어 먹은 단감 때문에 눈 뜨고 귀 열고 수

289
다짐

술방의 모든 온도를 느껴야 했다. 수술 직후 당직의가 내게 이야기했다. "엄마, 많이 놀랐죠? 우리도 정말 많이 놀랐어요 마무리하고 나간 당직의가 신랑에게 해준 말에 아기와 내가 얼마나 위급했는지 짐작할 수 있었다. "이건 정말 하나님이 살려주셨다는 말밖에는 설명할 수가 없습니다"

한국 나이로 43세. 자연임신은 불가능한 상태라고 확인한 지 벌써 5년이 훌쩍 지났다. 그런 내게 기적처럼 찾아온 생명이다. 내가 노력한다고 해서 크게 반영될 요소들은 없지만 걷기 운동조차도 컨디션 조절하며 조심했다. 열 달 동안 복중에 무사히 생명을 지켜서 품에 안기 위해. 크고 작은 이벤트가 있었지만 그래도 이만하면 잘 왔다, 이제 출산만 잘하면 되겠다 했는데 이런 엄청난 이슈가 있으리라고 상상도 못 했다.

3주 전 유도 하자는 주치의 말대로 했더라면 그냥 건강하게 출산할 수 있었을까.. 괜한 고집이었나.. 어떻게 한 번을 편하게 통과하는 게 없나.. 왜 또 이런 일이 있나.. 욕심부린 결과다. 그래, 건강히 낳을 능력

작은 첫걸음이 큰 다짐을 품을 때

도 없으면서 꼴 좋다. 누군가 참소하는 소리가 가슴 구석 어딘가에서 메아리처럼 맴돌던 10월이었다.

요단강 건너 그 물에 발까지 담그고 다시 돌아온 것 같다. 그만큼 위급했던 출산 스토리. 꺼내어 보고 싶지 않은 이야기다. 연약한 모체에 심겨진 생명은 2025년 내게 첫번째 기적이었다. 임신 사실을 확인한 그날 나는 반드시 그 생명을 품에 안을 수 있도록 할 수 있는 모든 걸 하겠다 다짐했었다. 생사의 갈림길에서 유턴한 우여곡절이 때때로 내 일상을 절망으로 끌어내리려 하지만 또다시 다짐한다. 당직의 조차도 확신할 수 없었던 생명을 품에 안고 엄마라는 또 하나의 이름으로 엄마의 자리를 지킬 수 있는 두 번째 기적을 잘 살아내기로.

오랜 다짐

너와는 상의 되지 않은 오랜 다짐이 있다.

나와의 오래된 다짐으로 너를 바라봤다.
사실, 나는 너를 아주 많이 좋아한다.
그저 친구로의 호의로 상냥하게 대해주는 너를 보며
은밀한
싹을 틔워왔다.

시간이 지나면 더 커지는 사랑의 씨앗은 나이가 먹어
갈 수록 주체할 수 없이 자랐다.

그래서 나는 또 다른 다짐을 했다.
나의 마음 깊숙한 곳에 자리 잡은 너에게 고백하리라.

작은 첫걸음이 큰 다짐을 품을 때

아지랑이처럼 일렁이는 긴장감을 억지로 누르며 네 앞에 섰다.

조심히 너의 표정을 보며 진심을 전하는 목소리는 민망하리 만큼 떨리지만 진심만은 분명히 전달하고 있다.

나의 진심이 너에게 닿기를 바라고 또 바랐다.

그 순간, 작고 여린 손이 내 손등을 덮쳐온다.

아, 이건 수락의 뜻인가?

점점 힘을 주어 잡는 손길에 확실한 대답을 들었다.

나의 오랜 다짐이 이루어졌다.

발자국의 크기

우리 세계에서는 특별한 계급이 있다. 목표가 뚜렷할수록 머리 위의 발자국이 커진다. 우리는 발자국의 크기로 계급을 정한다. 소, 중, 대의 크기 중 대는 귀족, 중은 평민, 그리고 소는 한마디로 천민이라는 뜻이다. 나는 천민이다.

나는 목표가 없다. 정하려고 해도 진심이 아니라면 커지지 않는다. 나도 가식적으로 목표를 정해보았지만, 진심이 아니었는지 나의 발자국은 커지지 않았다. 하고 싶은 것을 찾아보려고 노력도 해 봤지만, 나의 적성에는 맞지 않았다. 엄마와 아빠도 걱정이 많으신 듯, 나에게 진심으로 조언을 해 주셨지만, 머리 위의 발자국은 커질 생각조차 없었다.

학교에서도 편애는 있었다. 발자국이 클수록 선생님들에게 대우를 받고 나 같은 작은 발자국인 사람들

작은 첫걸음이 큰 다짐을 품을 때

은 선생님들의 눈초리를 받았다. 한마디로 목표가 있는 학생들은 선생님이 밀어주고, 나와 같이 아직 목표를 찾아가는 애들은 버리고 있었다는 이유다. 학교가 목표가 있는 애들만 밀어주니 목표가 작은 애들은 목표를 만들 기회도 없었다. 그래서 발자국이 큰 애들은 점점 더 커져만 가고, 발자국이 작은 애들은 더욱더 작아져만 갔다.

"야 발자국 작은 애들 일로 와봐. 내가 배가 지금 엄청 고프거든? 그런데 나는 매점 갈 시간에 내 목표에 대해서 더 공부를 해야 돼서 말이야. 너네가 빵 좀 사 와 줄 수 있냐?"

"당연하지. 사 올게."

"5분 줄게."

우리는 학교에서 심부름과 잡일을 하는 학생들이었다. 발자국이 큰 애들의 뒤를 닦고, 그 자리를 반짝반짝하게 해주는 그냥 일꾼일 뿐이었다. 그래서 학교는 더욱 우리를 방치했을 수도 있다. 우리가 작아야 큰애들이 더 희귀해지고, 학교에 투자를 더 많이 할 테니까 말이다. 그리고 많은 애들이 발자국이 커지면 이 사회의 피라미드는 망가져 버릴 것이다.

“우리 언제까지 학교 다녀야 하냐.”

“내 말이. 차라리 집에서 뭐 놀면서 적성을 찾는 게 더 낫을 수도.”

“그러니까 그런데 학교는 자퇴도 못 하게 하잖아. 그냥 발자국 큰 애들 뒷일이나 하라는 말이야.”

“아니 나도 진짜 목표 정하고 싶은데, 안되는 걸 어떡해”

우리도 답답할 따름이다. 우리도 발자국이 커져서 편함을 즐기고 싶지만, 아무리 노력해도 발자국은 커질 기미가 보이지 않았다. 학교에 등교하는 것은 정말 지옥 같았다. 발자국 큰 애들의 스트레스를 풀기 위해 샌드백이 될 때도 있었고, 심부름을 시키는 일은 적지 않았다.

어느 날 엄마가 방문을 벌컥 열고 들어왔다.

“하진아, 엄마가 발자국 크게 하는 법을 알아냈어.”

“어? 어떻게? 아니 그것보다 빨리 키워줘”

“이거 돈을 그 사람한테 내야 한데, 발자국 큰애들 다 돈 내고 올린 거야. 걔네들도 목표 그딴거 없을 수도 있어.”

“엄마 나 얼마 정도로 올릴 수 있어?”

작은 첫걸음이 큰 다짐을 품을 때

“대까지는 올릴 수 있어. 엄마가 밤낮 가리지 않고 매일 일하면서 돈을 모았어. 진짜 우리 딸 드디어 학교에서 편애를 받을 수 있어. 정말 다행이다.”

기분이 썩 좋지 않았다. 이제 누구도 나를 밑 볼 수 없겠지만, 지금까지 나를 때리고 심부름시킨 애들이 다 돈으로 발자국이 커졌다는 말에 배신감을 느끼고, 이 사회가 불공평하다고 느꼈다. 결국 이건 목표의 차이가 아닌 빈부격차였던 것이다. 돈이 있는 사람은 아무리 못해도 올라가고, 돈이 없는 사람은 아무리 잘해도 올라갈 수 없고 땅바닥 생활을 해야 했던 것이다. 이런 사회 때문에 정말 똑똑하고 뚜렷한 목표가 있는 애들이 더 성장하지 못하고, 뿌리째로 뽑혀 버렸다는 생각이 들어서 그날 잠에 들 수가 없었다.

발자국이 커지자 학교에서의 대우는 달라졌다. 지금까지 나를 벌레 보듯 본 선생님은 내 말에 꼼짝하지 못했다. 심지어 나를 괴롭히던 중 크기의 발자국 애들은 나의 눈치를 살피기 시작했다.

“야 내가 저번에 한 거는 장난인 거 알지? 친구끼리 그 정도 장난은 칠 수 있잖아. 기분 나빴다면 미안하고.”

나는 아무 말도 할 수 없었다. 하루아침에 바뀌어 버

다짐

린 계급. 갑과 을이 바뀌어 버렸다. 갑자기 나에게 빵을 사 오라고 시킨 애가 나를 화장실로 불렀다.

"너는 얼마 주고 키웠냐? 이정도면 좀 많이 들였겠는데?"

"나도 몰라. 그냥 부모님이 키워주셨어."

"이야. 좋은 부모님 두셨네. 뭐 이제는 같은 급이니까. 잘해보자. 그리고 너도 며칠 후면 계급의 맛을 알고 애들 겁나 굴릴걸? 그러니까 너는 다르다는 생각하지 말고. 먼저 간다."

정말 비열한 세상이다. 돈으로 계급을 살 수 있었다. 우리는 지금까지 세뇌를 당했던 것이다. 목표가 뚜렷해야 우리의 발자국은 커지고 더 쉽게 살 수 있다고 한 것은 그냥 발자국이 큰 사람들이 우리에게 하는 희망 고문이었다.

며칠 후 거울을 보니 내 머리 위에 발자국이 커져 있었다.

"엄마, 발자국이 더 커진 것 같아."

"어머. 그렇네. 너 운도 좋다. 또 커지네. 돈 쓴 보람이 있다."

그다음날도, 또 그다음 날도 나의 발자국은 줄어들

작은 첫걸음이 큰 다짐을 품을 때

생각은 하지 않은 채 점점 더 커져만 갔다. 지금까지 본 발자국 중 가장 커져 있었다. 한마디 어디를 가든 나는 갑의 자리에 있었다. 마트를 가도, 공원에 가도, 모두가 나를 우러러보며 부러워했다. 그러던 어느 날 갑자기 한 사람이 나를 찾아왔다.

"여기가 혹시 박하진 학생의 집 맞습니까?"

"네 제가 박하진인데, 혹시 무슨 일로 방문하셨나요?"

"축하드립니다. 지금 우리나라에서 발자국이 가장 크십니다."

"네? 제가요? 요즘 제가 가장 크다고 생각하기는 했는데…"

"우리나라의 대통령이 돼 주셔야 합니다."

"아뇨. 저는 그런 자리에 오를 능력이 되지 않습니다."

"죄송하지만, 그러셔야만 합니다. 지금까지 모든 대통령 분들이 그랬으니까요. 그리고 안되신다면 처리하는 수밖에 없습니다."

"그럼 된다고 하면 제 마음대로 해도 되는 거죠? 뭐든지 다."

"내 맞습니다. 정말 박하진님 마음대로 하셔도 상관

없습니다. 법을 바꿔도 되고, 사람을 바꿔도 되지요.”

“네. 그럼 하겠습니다”

나는 이 나라의 대통령이다. 이제 다 내 마음대로 할 수 있었다. 그날 밤 나의 꿈에 나를 빵 심부름으로 썼던 애가 나왔다. 나보고 며칠 후면 애들을 부려 먹고 이 커다란 발자국이 자랑스러울 것이라고 했다.

아니 나는 다를 거야. 지금까지 대통령들과는.

“제가 대통령이 돼서 할 첫 번째 일은 이 발자국을 없애겠습니다.”

“안 됩니다. 이거는 저희의 계급입니다. 목표가 없는 자들은 사회에서 뒤처져도 상관없습니다. 그들이 자처한 일입니다. 그래서는 안 됩니다.”

“아뇨. 당신들도 알 것 아닙니까? 이 발자국 크기는 돈으로 사고팔 수 있습니다. 그리고 목표가 없다고 세상에서 뒤떨어져야 할 이유가 있습니까? 아뇨. 절대 없습니다. 그리고 발자국이 크다는 이유로 편애를 받는 사회가 맞다고 생각하십니까? 그럼 여기 계신 분들의 발자국을 소로 낮추겠습니다.”

“안 됩니다.”

“왜 안 되는 거죠? 당신들은 돈을 써서 발자국 크기

작은 첫걸음이 큰 다짐을 품을 때

를 키웠지 정말 목표가 있었던 것은 아닐 것 아닙니까? 그리고 다시 말하지만 목표가 없다고 사회에서 뒤떨어질 이유는 없습니다. 반대로 사회가 목표가 없는 사람들을 이끌며 꿈과 목표를 만들어 줘야지 이렇게 분리를 해 버린다면 이건 그냥 부자들만 살아가는 세상 아닙니까?"

"…"

결국 나는 이 발자국을 없애 버렸다. 당연히 발자국이 큰 사람들은 나를 욕하고 비난했다. 하지만 나는 이 결정에 후회는 없었다. 더 나은 사회를 만들려면, 내 선택이 맞다고 굳게 믿고 있었다. 지금까지의 대통령은 자신의 자리를 지키기 위해 결국 양심을 버렸었다. 나는 그런 양심 없는 행동은 하고 싶지 않았다.

시간이 지나면 지날수록 나의 인지도는 올라갔다. 더 나은 세상 그리고 더 아름다운 세상을 만들기 위해서는 나 혼자가 아닌 모든 사람들이 한마음 한뜻으로 앞으로 나아가야 할 것이다.

발버둥

뼛속이 시릴 정도로 추운 크리스마스. 모두 가족과 그리고 연인과 하루를 보내고 있다. 하지만 나는 어제도, 오늘도, 내일도 혼자일 것이다. 그게 내 인생이었으니까.

지금까지 내 옆에 있었던 사람은 없다. 엄마도 어렸을 적 집을 나갔고, 친구도 있던 적이 없다. 평생을 혼자 살았던 나에게 크리스마스를 혼자 보내기는 식은 죽 먹기였다.

터벅터벅 걸으며 사람들의 웃음소리와 기쁨을 나누는 장면을 보고 있었다. 참 꼴불견이다. 크리스마스가 뭐라고 다 저렇게 웃고 있는 걸까? 나는 365일 내내 불행한데, 저 사람들은 뭐가 그렇게 잘 났길래 저렇게 웃고 있는 걸까? 아님 모두가 가면을 쓴 채로 행복한 척 연기를 하는 걸까? 뭐가 됐든 다들 나보다는 낫다.

작은 첫걸음이 큰 다짐을 품을 때

나는 웃는 모양의 가면도 없다. 어떻게 웃는지 어떻게 칭찬을 하는지 나는 모른다. 알려주는 사람도 없었다. 그래서 혼자였을지도 모르지.

오늘도 쓸쓸하게 길에 놓인 깡통을 발로 찬다. 계속해서 차다 보면 항상 어딘가에는 도착해 있는다.

깡깡깡

"아얏"

어른아이가 맞았다. 몸집이 아주 작은 남자아이.

"아 미안. 많이 아프냐."

오랜만에 사람에게 말을 걸어본다. 그게 어린아이인 것에 헛웃음이 나왔지만 그래도 오랜만에 사람과의 이야기는 반가웠다. 그런데 그 아이 몸에는 멍이 수두룩했다. 빨갛고 파란 멍이 한두 개가 아니었다.

"너 누구한테 맞았냐?"

나는 몸을 수그리며 아이와 눈을 맞췄다.

"네…아 아니요. 아무한테도 안 맞았어요."

"그래?"

나는 차가운 길바닥에 철푸덕하며 앉았다. 바닥을 손으로 바닥을 툭툭 치며 앉으라는 표시를 했다. 그 애는 눈치를 보더니 쭈뼛쭈뼛 내 옆에 앉았다.

"이름은?"

"임선후요."

"선후. 예쁜 이름이네. 나는 희정이야. 김희정."

"네."

"너는 이렇게 늦은 밤에 여기서 왜 쭈그리고 있냐?"

"집이 너무 무서워요. 학교도요. 저는 아무 데도 마음을 놓을 곳이 없어요."

"왜? 누나가 좀 들어줘?"

"집에서는 엄마랑 아빠가 항상 싸워요. 유리컵을 던지고 책상을 주먹으로 내려쳐요. 그리고 학교에서는 애들의 심부름꾼이에요. 한마디로 빵셔틀, 찐따, 왕따라는 거죠. 저는 어디서나 약자에요."

"치. 나랑 똑같네. 나는 너보다 어릴 때 엄마가 집을 나갔어. 아빠는 있었던 적도 없고, 친구는 말할 것도 없지. 지금 보니 나랑 비슷하네. 맞고, 코피 흘리고, 찢어지고 그때는 진짜 힘들었던 것 같긴 하다."

"죽고 싶어요. 죽고 싶다고요. 왜 저는 태어났을까요? 저렇게 싸울 거면 왜 나를 낳아서 힘들게 사냐고요."

"나도야. 그런데 좀 갑작스러웠다."

"…"

작은 첫걸음이 큰 다짐을 품을 때

당연히 나도 안 해본 생각은 아니다. 정말 죽고 싶고 자살하고 싶었다. 그런데 미루고 미루다 보니 지금까지 오게 되었다.

"누나, 저랑 1월 1일에 같이 죽을래요?"

"그래."

"네? 같이 하자고요?"

"어. 네가 하자며. 같이 하자고. 어디서 할까?"

"최대한 높은 곳에서요. 날면 자유로운 느낌이지 않을까요?"

"어차피 죽는 거 떨어지는 느낌이라도 느끼면 좋지."

"그럼 일주일 뒤, 이 시간에 여기서 만나요."

나는 정말 일주일 뒤에 선후네 집 앞으로 갔다. 선후도 나를 기다리고 있었다.

"어디로 갈거에요?"

"한강다리"

"좋아요."

우리는 가는 동안 많은 이야기를 했다. 어떤 일생을 살아왔는지. 어떤 고비와 시도가 있었는지. 우리는 서로 눈물을 흘리며 마음을 공유했다. 어느덧 높고 높은 한강 다리에 도착해 있었다.

"자 뛰어내리자."

"…"

"무섭냐?"

"…네"

"못 뛰어내릴 것 같아?"

"네"

"그럼 뛰어내리지마."

"네? 왜요. 여기까지 왔는데 그러면 좀 그런데…"

"괜찮아. 나도 많이 그랬어. 그래서 너를 여기 데리고 오고 싶었어. 나도 살 의지는 없어. 그런데 살다 보니까 빛이 내리던 날도 있더라. 우리 같은 사람은 더 짜릿하고 기억에 남지. 그런데 넌 보니까 그런 날도 없던 것 같더라. 그리고 만약에 또 뛰어내리고 싶은 날이 오면 따뜻한 봄에 뛰어내려. 겨울에 죽으면 너무 불쌍하잖아. 마지막이라도 따뜻한 온기를 느끼라고. 그런데 선후, 너 죽지 마. 누나 얼굴 봐서라도 죽지 말라고. 그냥 살아서 계속해서 살아서 너를 괴롭힌 사람보다 더 높은 자리에 오르라고."

"살고 싶어요. 저번 주에는 그냥 홧김에 그렇게 말한 건데, 진짜로 올 줄은 몰랐단 말이에요."

작은 첫걸음이 큰 다짐을 품을 때

“사실 나도야. 누구보다 살고 싶고 누구보다 잘살고 싶은데 우리 둘 다 그게 잘 안되는 거잖아. 지금 여기까지 온 것도 살기 위한 우리의 발버둥일 뿐이야. 아무도 욕하지 않아. 그러니깐 우리 같이 살아볼래?”

“네”

우리는 서로 많은 눈물을 흘리며 끌어안았다. 얼마나 서로가 힘들었는지 알고 있고, 얼마나 서로가 열심히 버텨왔는지 알고 있기 때문에 그 누구하고도 공유할 수 없는 감정들을 우리는 나눴다.

어느 때보다 추운 새해였다. 날카로운 칼바람과 얼음장처럼 차가운 한강 물. 하지만 오늘도 누군가는 죽을힘을 다해 살아가고 있다. 새해에는 다짐을 한다. 그게 작든지 크든지 누군가에게는 살아갈 힘이고 누군가에게는 희망일 것이다.

죽으려는 사람을 너무 욕하지 마라. 지금까지 노력했기에. 지금까지 버텨왔기에. 그런 선택을 할 용기가 있는 것이다. 하지만 방관하지는 마라. 그 사람을 잡을 수 있는 마지막 끈일 것이다.

무엇보다 차가운 우리 사회가 나와 선후를 보듬어 줄 수 날은 얼마나 더 기다려야 할까?

나와 선후는 매일 아침 다짐하고 각오한다. 오늘을 더 잘 살기 위해 그리고 더 의미 있게 보내기 위해서 말이다.

만약 나와 선후와 같은 선택을 하려는 사람이 있다면, 따뜻한 봄까지 기다려 보자. 그리고 좀 더 많은 빛을 느껴보자. 그러다 보면, 버티다 보면, 살기 잘했다고 생각하는 날이 올 것이다.

작은 첫걸음이 큰 다짐을 품을 때

포레스트 웨일 공동 작가

작은 첫걸음이 큰 다짐을 품을 때

초판 1쇄 발행 2026년 01월 14일
초판 1쇄 인쇄 2026년 01월 14일

지은이　김유신 | 최나연 | 꿈꾸는 쟁이 | 별이 | 가빈 | 김안예 | 기유 | 31
　　　　별빛차 | 이은지 | 행록 | 인영 | 김다혜 | 박성희 | 임나경 | 영지현
　　　　정옥순 | 이다솔 | 주변인 | 조현민 | 정서영 | yejin_k | 이연화
　　　　갈곳 | 류광현 | 류연화 | 하형정 | 숨이톡 | 명량소녀 | 김혜지
　　　　김좌 | 윤아정(서월) | 해원 | 글쓰는 몽상가 LEE | 김감귤 | 이상현
　　　　김예빈 | 류령 | 설류하 | 마음률 | 안세진 | 루미영 | 양예림
　　　　장시원 | 이언(利言) | 서가경 | 사랑의 빛 | 최재훈 | 이다음
　　　　강대진 | 지은 | 고원苦寃 | 모지랑이 | 하린 | 이서윤 | 서지우
　　　　마림 | lilylove | 최이서 | 김도영 | 김초록 | 성민경 | 희작 | 조희주

디자인　　포레스트 웨일
펴낸이　　포레스트 웨일
펴낸곳　　포레스트 웨일
출판등록　제2021-0000 14 호
주소　　　충청남도 아산시 탕정면 용머리길 40 유니콘101 216호
전자우편　forestwhalepublish@naver.com

종이책　　979-11-94741-82-4
전자책　　979-11-94741-80-0

작가님들과 함께 성장하는 출판사
포레스트 웨일입니다.
작가님들의 소중한 원고를 받고 있습니다.
forestwhalepublish@naver.com